NOIR *pastel*

Corinne Jaquet

# FRIC EN VRAC À CAROUGE

*roman*

Éditions Luce Wilquin

Du même auteur :

- *Meurtres à Genève*, histoires vraies, Éditions Slatkine, Genève, 1990
- *La Secrète a 100 ans – histoire de la police de sûreté genevoise*, Éditions Nemo, Genève, 1993
- *Le Pendu de la Treille*, roman, Éditions Luce Wilquin, collection Noir Pastel, Avin, 1997
- *Café-crime à Champel*, roman, Éditions Luce Wilquin, collection Noir Pastel, Avin, 1998

Maquette de couverture : Dimitri Delcourt


48 rue d'Atrive, B-4280 Avin/Hannut (Belgique)
e-mail : wilquin.bouquin@skynet.be
internet : www.wilquin.com

# *REMERCIEMENTS*

*L'auteur tient à remercier ici toutes les personnes qui ont participé à la création de cette intrigue. L'expérience menée avec Roger Pfund s'est avérée littéralement passionnante. Qu'il soit remercié pour sa disponibilité et sa patience. Qu'Yvette, Annick, Inès et tous les collaborateurs de l'Atelier de Communication visuelle de la rue Vautier sachent à quel point leur aide fut précieuse.*

*Merci aussi à Roland, à Urs, à Gérard, dont l'apport « policier » fut d'importance.*

*Merci enfin à ma famille, à mon mari Nicolas et à mon fils Romain qui ont la patience de vivre, à année faite, avec moi et mes « drôles d'idées ».*

Celui qui, dans le dessein de les mettre en circulation comme authentiques, aura contrefait des monnaies, du papier-monnaie ou des billets de banque sera puni de la réclusion.
Dans les cas de très peu de gravité, la peine sera l'emprisonnement.
Le délinquant est aussi punissable lorsqu'il a commis le crime à l'étranger, s'il est arrêté en Suisse et n'est pas extradé à l'étranger, et si l'acte est réprimé dans l'État où il a été commis.

*Code pénal suisse*
*Article 240*

rue Jacques-Grosselin
av. de la Praille
av. Vibert
Centenaire
rue Montfalcon
Promenades
place de Sardaigne
r. d. l. Débridée
Pervenches
place d'Armes
rue du Collège
rue Jacques-Dalphin
r. d. Pont-Neuf
r. d. St-Victor
r. d. l. Filature
r
pl. du Temple
St-Joseph
place de l'Octroi
r. d. Marché
place du Marché
rue des Moraines
rue Vautier
Victor-Amé
Cardinal-Mermillod
Arve
clos de la Fonderie
pr. des Orpailleurs
rue de Veyrier
rue de la Fontenette
ch. du Centurion
pont de la Fontenette

# PRÉAMBULE

La place du marché suscitait des envies de peinture. Peut-être en raison de sa symétrie paisible. L'église Sainte-Croix était trop imposante pour l'équilibre du dessin, mais il y avait longtemps que personne n'y prêtait plus attention. La place s'appuyait au centre sur une fontaine de Blavignac qui riait tout l'été.

À l'automne et pendant les mois plus froids, elle chantait en sourdine mais restait de toutes les fêtes. Trente-deux platanes étayaient le périmètre telles des colonnes noueuses entre ciel et terre. Depuis 1808, ils n'avaient pas faibli. Un jour, quand ils seraient malades, il faudrait les remplacer. Ce ne serait pas une décision facile à prendre. En cette fin d'automne, le tapis de feuilles mortes décrivait une houle suivant les vents alternants qui parvenaient jusqu'à la place.

Carouge n'a pas le même parfum que Genève. Les Genevois y vont comme on part en vacances. Sur les terrasses, à la belle saison, la vie semble plus douce. Carouge est reliée à Genève par un pont. Ce n'est pas grand-chose, mais ça fait toute la différence. Carouge, par rapport à Genève, est comme une île, comme le Sud, comme la Provence. Carouge est un pays à part. On peut croire que tout y est permis. Carouge, c'est une bouffée de liberté.

Très vite, les artistes l'ont compris, qui ont envahi les lieux et apporté leur « look branché » dans les vieux murs datant du Royaume de Sardaigne. Le cœur historique de la petite ville résonne encore de propos révolutionnaires, contestataires qu'on y tint depuis des siècles. Carouge la rebelle, Carouge la farouche, Carouge qui, au milieu du XVIIIe siècle se retrouva sarde sans trop savoir comment, Carouge la licencieuse, Carouge la tolérante, Carouge la cosmopolite, peut-être parce que son nom latin était « Quadrivium » qui veut dire carrefour, Carouge la mélangée. À Carouge, le Roi de Sardaigne octroya le droit de faire la fête et de tenir marché. C'est à Carouge que naquirent les premiers cabarets. Il suffisait alors de passer le pont, de quitter Genève la sombre, Genève la Calviniste, pour débouler dans le quartier des faux-monnayeurs, de Mandrin, le roi de la contrebande, au royaume des orpailleurs, ces rêveurs impénitents qui, au travers des siècles, ont continué à chercher dans l'Arve un or qu'elle recèle, mais en quantité à peine suffisante pour faire briller les yeux.

La Carouge céréalière, agricole, viticole, du début du XVIIIe siècle fit place à la ville que les architectes piémontais tentaient de construire et qui devait défier Genève. Carouge sut toujours s'adapter, encaissa ses changements d'identité avec un bonheur retenu, mua tant de fois que se perdent dans ses archives la raison de la présence sur son blason d'un léopard sous un caroubier, ou était-ce plutôt un lion sous un chêne ? Mais les plus belles légendes effacent souvent l'histoire. Le Cercle des Léopards eut si belle figure qu'il serait dommage aujourd'hui de les transformer en lionceaux... Ces hommes à l'intelligence vive, à l'humour piquant, ces notables du début du siècle avaient su renforcer l'esprit de Carouge qui persiste encore aujourd'hui.

À Carouge, on s'assied, on boit un verre et on parle. À l'heure de la communication intensive, et extensive, Carouge, plus que jamais, offre le dialogue dans ses murs et sur ses terrasses.

# 1

Le marché se tenait comme tous les mercredis et samedis sur la place du même nom, sous la voûte des platanes. En été les parfums de fruits et de légumes se mélangeaient à la température ambiante. L'hiver, le marché apportait à la ville la chaleur humaine que le climat avait oublié. Le maraîcher, vêtu d'un énorme pull de laine, vidait dans le cabas d'une cliente deux bons kilos de pommes. Plus loin, le fromager éclatait de rire avec un client qui portait à la bouche un verre de rouge, en dégustant un Reblochon.

Devant le stand de fruits, face à une montagne de raisin tardif, une femme réfléchissait. On devinait à peine ses yeux sous la cascade de boucles grises qui envahissait le front, la nuque et les épaules.

## 2

Ses cheveux blonds et ses yeux verts n'auraient jamais laissé deviner qu'elle portait un nom arabe. C'était pourtant le cas, et depuis un bon nombre d'années déjà. L'amour de l'Orient l'avait toujours étreinte et depuis sa prime jeunesse elle n'avait rêvé que de départs outre-Méditerranée, pour chercher sous le soleil un bien-être qu'elle ne trouvait pas à Genève. Ariane avait fait de nombreux métiers. Mais aucun n'était assez « orientalisé ». C'est sans doute pour cela qu'elle avait fini par épouser un Libanais ! Dans sa boutique de la rue Saint-Victor, elle vendait aujourd'hui ces magnifiques tables en zelliges qui avait fait sa réputation. Pour ses clients de plus en plus nombreux, elle les faisait fabriquer sur mesure.

Ce samedi matin, les clients ne se pressaient pas dans le magasin. Ariane avait donc décidé de s'absenter un quart d'heure pour aller faire son marché. Au moment où elle sortait de son échoppe, elle eut un sursaut. Ouf ! Personne ! Elle était encore perturbée par l'incident qui s'était produit la veille au soir. Comme souvent le vendredi, elle avait terminé sa journée de travail un peu tard, en profitant pour faire un peu de comptabilité avant de fermer la porte. Mais lorsqu'elle fut sortie et voulut mettre la clé dans la serrure, elle se retrouva à genoux, le nez sur sa vitrine.

– Eh ! Ça va pas ?

C'est tout ce qu'elle avait trouvé à dire. Mais l'homme qui l'avait bousculée poursuivait son chemin sans se retourner. Un grand gaillard aux cheveux mal peignés. Il portait un immense pull brun, grossièrement tricoté.

– Eh ! lança-t-elle à nouveau pour capter l'attention du maladroit.

Sans succès. L'homme marchait de façon saccadée ; il tourna vers la place du Temple et disparut. La commerçante se releva, se frotta les genoux, acheva de fermer la porte, prit son sac et partit. Une fois dans sa voiture, elle se demanda si elle devait signaler l'incident à la police. Puis elle se sentit un peu ridicule. Elle n'avait été agressée par personne et il ne fallait pas faire de paranoïa. Il n'empêche que ce matin, elle aurait l'œil ouvert : si jamais, dans Carouge, elle venait à croiser l'individu bourru qui l'avait heurtée de la sorte, elle saurait lui dire ce qu'elle pensait de son comportement.

## 3

Une fois de plus, Annick débarquait hors d'haleine dans l'escalier qui menait à l'Atelier Pfund. Elle n'avait jamais été très prompte à se lever le matin, et encore moins le samedi. Mais depuis le début de l'exposition au Musée, les soirées n'étaient que fêtes. Roger, son patron, les aimait par-dessus tout. On finissait souvent chez *Fracheboud*, à déguster des vins, on riait, on fumait. Les réveils étaient durs. Annick, caparaçonnée de noir, comme d'habitude l'hiver, entra dans le loft-atelier en jetant un « Bonjour tout le monde ! » désormais rituel.

Elle posa son manteau, sa cape et sa sacoche. Elle aligna sur son bureau carnet, cigarettes et briquet, puis lança un regard interrogatif vers Inès.

– Roger n'est pas là ?

– Ça m'étonne aussi, mais il n'est pas encore sorti de chez lui.

Quand Roger avait vu ces locaux de l'ancienne usine Laurens, totalement désaffectée, il avait été séduit. Le célèbre graphiste habitait une partie du loft aménagée en appartement. Le lieu était légèrement au-dessus de l'atelier, éclairé comme tout le reste par de grandes verrières à carreaux. Tout au fond, un puits de lumière éclairait encore un immense panneau CIGARETTES LAURENS sous un dessin très kitsch du Palais monégasque, avec les mots PRINCE DE MONACO se détachant au milieu du dessin.

Il avait fallu à Roger un endroit « esthétiquement logique » comme il l'expliquait lui-même. « Il faut qu'il me plaise sur le plan architectural, mais aussi sur le plan géographique. » Les 300 $m^2$ de l'atelier étaient lumineux. Dans tous les portraits que la presse faisait de l'artiste, on lisait qu'il s'était meublé « modulaire » chez Teo Jakob, son ami de jeunesse, celui pour qui, il y a quelques années, il avait créé toute une campagne de communication. Des tables simples, blanches, « pour ne pas troubler la vision des choses » disait Roger Pfund. « L'Atelier est ouvert comme un lieu de communication dans lequel dresser des murs eût été absurde », expliquait l'artiste. Au centre de l'espace, agrémenté des affiches du maître, s'élevait un grand palmier planté dans une table ronde autour de laquelle se dressait un banc d'église espagnol en demi-cercle. C'était le coin de la pause-café.

Sur le même étage, Roger avait installé son logement. Personne n'y entrait sans frapper. Pfund, pourtant, mélangeait constamment vie privée et travail, et ne marquait jamais aucune frontière-horaire entre les deux.

– C'est étrange, releva Annick. Quand on est parti hier, il a insisté pour qu'on soit tous là à huit heures trente, bien qu'on soit samedi. J'étais certaine de me faire engueuler... As-tu frappé à la porte ?

Inès acquiesça calmement.

– Je vais quand même voir...

Annick franchit les quelques marches qui séparaient l'atelier du loft, puis frappa. La porte était entrouverte.

– Roger ?

Annick appela à plusieurs reprises, d'une voix crescendo. Le sol craquait sous ses pas timides. Elle atteignit enfin la cuisine déserte. La longue pièce très moderne donnait sur une terrasse en métal. La vaisselle était sèche sur l'égouttoir. Annick fronça les sourcils. Au salon, seule l'odeur de chique froide prouvait que la pièce avait été habitée. Dans la chambre à coucher, le futon était froissé, mais vide.

– Ce n'est pas normal, maugréait Annick en traversant l'appartement. Ce n'est pas son genre. Il ne serait jamais sorti si tôt. Ou alors il n'est pas rentré. Pourtant, quand nous sommes partis hier soir, il était là.

Elle revoyait Roger, dans un des ensembles noirs qui lui allaient si bien, griffe typique de son amie Christa de Carouge. Une superposition de tissus qui faisait oublier les rondeurs de l'artiste, mais qui, comme les tables « neutres » de l'atelier, mettait en valeur le visage, l'expression, le regard. Des habits qu'on oubliait une fois qu'on les portait, d'autant qu'ils étaient toujours taillés dans des matières nobles et confortables, soie, coton ou laine.

« Allez-y, avait-il dit très gentiment, je sais que vous en avez tous ras-le-bol. Laissez-moi et revenez demain. On continuera tranquillement. »

Ces derniers temps, c'est vrai, les « charrettes » avaient été nombreuses. On appelait ainsi les moments d'intense activité nécessitant la présence de tous quasiment nuit et jour. Il y avait eu la préparation de l'exposition, son installation, l'accueil des visiteurs au vernissage, une sacrée épreuve pour tout le monde. Mais c'était un succès.

Cette année, Roger battait tous les records. En juin, il avait dessiné le nouveau billet de 50 francs français, le fameux Saint-Exupéry, pour la Banque de France. Le graphiste suisse, inventeur du billet thématique, en avait remontré à la France entière en créant de surcroît de nouveaux pièges à faussaires. En octobre, on avait fêté la sortie d'un énorme livre baptisé « Pfund, weight and see ». Le titre jouait avec le patronyme de l'artiste : « Pfund », en allemand, signifie une livre, 500 grammes. Alors, l'ouvrage qui devait peser dans les trois à quatre kilos ne passa pas inaperçu...

Et puis il y eut l'exposition au Musée. La presse parlait d'« hommage », de « rétrospective » ; « une œuvre de poids » avec un grand Œ, disaient les journalistes, « des idées d'envergure », ajoutaient-ils. Roger dans les journaux, à la télé, à la radio. Entretiens, photos, cocktails. La vie trépidante avait pris son essor et depuis, aucune pause, aucun répit. Roger aurait pu vivre comme ça pendant des années. À croire qu'il ne dormait jamais. Un bon repas, un bon vin, des bons mots, la fête, et c'était comme s'il était reposé.

Et les idées, toujours, bouillonnaient. Un stress créateur. Roger se disait incapable de lire un roman, car, au bout de quelques pages, une idée surgissait qui le « tirait en dehors » et l'empêchait de poursuivre le récit. C'est ce fourmillement d'idées, cette communication permanente, cette incroyable capacité de parler avec les images – quoi de plus universel ? – qu'Annick avait aimés chez lui. On ne venait pas travailler chez Pfund comme chez n'importe qui. On y entrait, comme en religion. Un acte presque sacerdotal.

Plutôt timide et caché dans les murs blancs de son atelier carougeois, Roger Pfund était aujourd'hui une sommité du graphisme. Reconnu par ses pairs dans le monde entier, il avait depuis longtemps dépassé le statut du simple dessinateur. Le peintre était devenu « communicateur ». C'était ce que ses employés aimaient chez lui. Pas besoin, pour évoluer à ses côtés, de formation particulière. Il fallait être souple, avoir des idées, bouger.

Or ce matin, Roger n'était pas là et Annick ne trouvait pas ça normal. « Il aurait mis un mot. En plus, j'ai l'impression qu'il est parti sans rien dans les poches. »

– Ne t'affole pas tout de suite, répondit Inès.

Toujours impeccable, la grande femme était noiraude et piquante, d'une beauté très latine dans une stature plutôt nordique. Sa ligne était svelte, ses ongles parfaits. Inès portait sur elle la précision qu'elle mettait dans son travail. Avec Annick, elle avait tissé les liens d'une amitié très franche. Elles pouvaient tout se dire et, surtout, elles connaissaient leur patron aussi bien l'une que l'autre. Inès lut la désapprobation dans le regard d'Annick. La jeune femme blonde avait un visage carré et doux à la Françoise Hardy, de magnifiques yeux clairs et une taille d'adolescente qu'elle semblait être restée bien après l'âge. En allumant sa cigarette, elle toisa sa collègue et lâcha comme en conclusion :

– C'est tôt pour lui, tu le sais comme moi. Mais bon, on va dire comme ça, qu'il a été faire son marché. On verra bien.

Machinalement, elle frotta par terre avec son pied. Ce sol était de plus en plus maculé de taches. Il faudrait vraiment le nettoyer à fond.

# 4

À la fin de l'automne, l'Arve est vivifiante. Elle attend l'hiver. Cet hiver qui, dans les Alpes, fait tomber la neige qui la nourrira, qui l'engrossera au printemps de toute sa fraîcheur, de tous ses glaçons.

Louise promenait son chien comme tous les matins. Retraitée et veuve à peu près en même temps, elle avait mis du temps à se recréer une existence à elle. Aujourd'hui, il y avait Kiki pour l'accompagner dans de longues balades. Elle pouvait lui raconter sa vie et ressasser indéfiniment les mêmes souvenirs sans qu'il ne l'interrompe jamais. Le petit chien frisé s'essayait bien de temps à autre à un gros soupir musical, mais la vieille dame n'en avait cure. En échange des immenses démonstrations d'affection qu'elles lui accordait, il pouvait bien l'écouter un peu. Alors Kiki, sur les genoux de sa maîtresse, passait des heures à entendre parler d'Henri qui n'était plus là et de tout ce qu'elle avait fait avec lui.

Louise, ce dimanche, n'était pas dans son assiette.

Elle était partie très à l'aube, avait marché jusqu'au Bureau des Automobiles, gravi les sentiers menant au plateau de Pinchat, puis regagné Carouge par le stand de tir et la rue Joseph-Girard jusqu'au stade de la Fontenette.

Depuis là, en longeant l'Arve, elle rejoignait facilement la place de l'Octroi où elle habitait maintenant un petit trois-pièces. Elle avait quitté le quatre-pièces qu'elle occupait avec Henri pour chasser les souvenirs et tourner la page.

Quai des Orpailleurs, un homme était passé très près d'elle, qui s'arrêta plus loin pour ouvrir la portière de sa voiture. Dans son grand manteau noir, il avait quelque chose de lugubre. Tandis que Kiki levait la patte tous les deux mètres, Louise fronçait les sourcils. Elle s'arrêta. Son esprit tentait de rattraper une pensée qui lui échappait. « Je ne sais pas ce que j'ai, c'est comme si j'avais eu une bonne idée et qu'elle était ressortie de ma tête. C'est trop bête ! Je devrais prendre des vitamines, comme Odette. Il paraît qu'elle en prend tous les jours et que cela lui convient bien. Elle parvient presque à aller faire ses courses sans liste… mais vraiment c'est trop bête, ça m'est sorti de la tête. Il y a eu cette voiture et cet homme, ce grand garçon… mais non, ce n'est pas cela. Décidément, ma Louise, il faudra parler au docteur de ces moments d'absence ! C'est un peu tôt pour perdre la mémoire. Kiki, viens ici maintenant ! Il pleut, il faut mettre ton manteau ! » La petite dame poursuivit sa route, un bout de toile cirée rouge écossais à la main, trottant derrière un caniche peu disposé à se laisser harnacher de la sorte.

Sa mémoire lui faisait défaut, elle saurait un peu plus tard que c'était bien dommage…

# 5

Pour les commerçants des Halles de Carouge, le samedi était toujours une bonne journée. Le reste du temps, les Halles n'avaient pas le succès escompté par les promoteurs. Heureusement, en plein hiver, une partie de la population préférait tout de même s'abriter plutôt que de faire son marché en plein air. Surtout par le froid que l'on connaissait ces jours-ci.

Au rez-de-chaussée de la rue Vautier, les Halles avaient repris un concept d'autrefois et cherché à utiliser au mieux les locaux laissés vacants par l'usine Laurens. Ici, on trouvait un marchand de fleurs, un boucher, un traiteur chinois, un fromager et un petit bar disposant de quelques tables et chaises dans le patio central. Les faïences recouvrant les murs donnaient un aspect propre et frais à l'ensemble. Mais tout cela, apparemment, ne suffisait pas. Les Halles étaient trop souvent vides. Jean-Marcel, maraîcher depuis son plus jeune âge puisque fils de cultivateur, tentait ici une expérience à laquelle il ne croyait pas beaucoup. Pourtant, chaque samedi c'était la même chose, en comptant la caisse, il révisait son jugement et se disait que les affaires, somme toute, n'étaient pas si mauvaises.

Il était presque 14h, la fin de sa journée aux Halles. Debout à 4h, il avait déchargé son camion, installé ses produits et vendu pendant toute la matinée ; il estimait avoir le droit de manger un morceau. Il acheta des fleurs pour sa mère dont c'était l'anniversaire et voulut aller les mettre dans son véhicule pour ne pas les oublier. Il longea le couloir donnant sur la cour extérieure où il se garait comme tous ses collègues des Halles. Il entreprit d'ouvrir la porte, mais celle-ci résista. Avec force jurons, il déposa le bouquet sur le sol et actionna le loquet à ressort.

– Quel est l'imbécile qui n'a pas bloqué le loquet ? grogna-t-il en continuant son transport vers le camion.

En revenant, il croisa le sourire du boucher.

– Alors, tu te battais avec la porte ?

– Qui a enlevé le crochet ? Comme ça, le loquet se rabat automatiquement. Ce n'est vraiment pas malin, surtout qu'on le sait tous !

– C'est peut-être quelqu'un de chez Pfund ?

– Déjà qu'ils nous envahissent avec leurs panneaux, là-bas au fond...

– Allez Jean-Marcel, va manger ! La faim te met de mauvaise humeur. Je te donnerais bien un steak...

– Tu peux te les garder ! Je les vois toute la matinée, c'est pas pour les manger à midi !

– Allez, bon appétit !

– Salut.

Dans son échoppe, il finit de ranger, passa un coup d'éponge sur tous les carrelages, vidangea tous les petits bidons d'eau qu'il avait à portée de main dans les toilettes de son cagibi. Il en profita pour se débarbouiller.

En partant, il entendit grogner son ami le boucher.

À son tour, il s'amusa.

– Tiens, tu luttes aussi avec les portes ?

– Rigole, gros malin ! Note bien, celle-ci, elle n'est pas à moi. Je n'ai loué que cette partie du stand, mais cela m'aurait bien dépanné d'y entreposer quelques trucs. Le frigo n'est pas branché.

– Fais attention tout de même, lança Jean-Marcel. N'oublie pas la lumière à l'intérieur ! Après, je dois me battre en assemblée générale pour répartir les notes d'électricité…

Les plaisanteries autour des factures que les commerçants partageaient étaient monnaie courante entre eux. Les deux hommes se quittèrent avec un geste de la main.

Jean-Marcel retrouva la lumière du jour dans la rue Vautier. Il déambula tranquillement jusqu'à la place du Marché, où il serra la main à un ou deux confrères. Il traversa ensuite la place pour atteindre le *Café du Marché.* Traditionnellement, il rejoignait ici des amis, surtout le samedi, et passait avec eux une partie de l'après-midi. Il se réjouissait de manger le plat du jour que le patron, comme à l'accoutumée, n'aurait pas manqué de garder au chaud pour lui. En actionnant la poignée de la porte, celle des Halles lui revint en mémoire. « C'est bizarre tout de même, ces portes qui se bloquent ! »

Lorsque ses amis lancèrent un véritable cri de guerre à sa vue, il oublia les portes des Halles et s'assit près d'eux.

# 6

« Maintenant, j'ai bien droit à une petite mousse ! » Le commissaire Norbert Simon jeta un dernier coup d'œil à son bureau et ferma la porte avant de se diriger vers l'ascenseur. Il se sentait léger, heureux. Il avait passé la matinée à mettre de l'ordre dans un dossier désormais jugé et dans lequel il avait particulièrement bien mené son affaire. Grâce à un indicateur précieux, son équipe était parvenue à arrêter le meurtrier d'une prostituée poignardée trois ans auparavant dans son studio de travail aux Glacis-de-Rive. L'affaire avait fait les beaux jours de la presse locale, de par le profil de la victime. La prostituée d'origine espagnole, devenue veuve millionnaire à la suite d'un mariage avec un riche Italien, restait tellement appâtée par l'argent qu'elle continuait à venir régulièrement tapiner à Genève alors qu'elle menait une vie très mondaine à Milan. Quand le corps lacéré de coups de couteau fut découvert, on avait immédiatement misé sur un crime crapuleux. Bijoux et objets de valeur avaient en effet disparu de la chambre intégralement fouillée par le présumé meurtrier. Et puis plus personne, plus rien. On avait évoqué le racket, mais très vite, la police des mœurs tout comme les prostituées avaient repoussé cette hypothèse : à Genève, aucun milieu n'était vraiment parvenu à s'installer et beaucoup de péripatéticiennes pouvaient exercer librement leur travail. Si ce n'était une opération de menace, qu'en était-il alors ? Le temps passa, et le commissaire, tout en démêlant d'autres affaires comme l'affaire Nerval de la rue Léon-Gaud, était parvenu à débusquer un témoin qui se faisait fort de ramener le meurtrier du sud de la France où il avait fui. Des petits mafieux de bas étage ou prétendus tels. Le tueur affirma par la suite que, jeune et influençable, il avait été convaincu de commettre ce délit comme une forme de totémisation d'entrée dans un clan mafieux. Au bout du compte, on ne sut jamais très bien ce qui avait motivé l'acte, mais le jeune homme avait reconnu son crime, et la Cour d'Assises venait de le condamner à onze ans de réclusion. Après avoir attendu quelques semaines pour un éventuel recours de l'une ou l'autre des parties au procès, le commissaire Simon venait de clore le dossier, de refermer la chemise et d'y apposer les quatre lettres du mot JUGÉ avant de la classer dans les archives. Un soulagement, une victoire renforcée encore par la condamnation prononcée par la Cour d'Assises qui conférait au travail du policier une sorte de satisfecit qu'il goûtait avec plaisir. Un fameux et très helvétique « bonheur du travail bien fait » dont il ne rougissait pas.

Sur un tabouret, face au zinc de la brasserie, Simon sortit sa boîte de *Café-Crème* et alluma un de ses petits cigares avec ses traditionnelles allumettes en bois. La vie de Simon, ces dernières années, n'avait pas été étourdissante de bonheur. Finalement, seul le travail lui offrait les satisfactions qu'un homme de son âge aurait trouvées dans sa vie privée. Mais il n'en voulait à personne. Il était seul par choix, celle qui l'avait abandonnée dix-neuf ans plus tôt était si vivante dans sa mémoire qu'il ne pouvait faire autrement. Bien sûr, des femmes, il en avait croisé. Principalement au cours des enquêtes qu'il avait menées. L'homme sensible qu'il était avait senti chez plus d'une cette douceur qui lui manquait tant.

Il réalisa soudain qu'il n'avait plus vu Alix Beauchamps depuis longtemps. La jolie rousse était journaliste à *La Gazette* de la rue des Savoises. Rédactrice en charge des faits divers, elle accompagnait souvent les dossiers jusqu'au procès. Elle avait donc suivi la Cour d'Assises qui jugeait l'assassin de la prostituée. Simon l'avait croisée là pour la dernière fois. Depuis, peu d'affaires l'avaient conduit à la salle de presse, et pas une seule fois Alix ne l'avait interrompu par un coup de fil toujours pressé ou n'avait tenté de savoir, de sa voix exigeante, tout ce qu'il ne pouvait pas lui dire.

Deux affaires surtout les avaient rapprochés. De la méfiance et de la colère qui régnaient au début de leur itinéraire commun, Simon ressentait aujourd'hui, en pensant à elle, une sorte d'amitié, de bonhomie. Alix, décidément, était une femme intéressante et drôle. Il savait qu'elle avait ses blessures, elle aussi.

Il s'étonnait de n'avoir plus de nouvelles. Il faudrait que je m'informe, se dit-il. Et il sourit de plus belle : s'informer par la bande ? Et pourquoi ne pas l'appeler directement ? Il venait de se prendre lui-même en défaut, comme un amoureux qui n'ose décrocher son téléphone… Amusé par cette pensée, il finit sa bière d'un trait, se leva et retourna vers l'Hôtel de Police. Fin novembre, pour tout le monde, le ciel était gris. Pour lui, aujourd'hui, il s'éclaircissait. Simon sourit. C'était très rare.

# 7

*La Bourse* devait son nom au marché de céréales et des productions de la région qui s'y tenait autrefois. Le traditionnel bistrot carougeois avait vu plusieurs générations traverser ces lieux immuables. Ici, à toute heure, on pouvait goûter aux huîtres, au tartare ou à la viande sur pierrade. Mais ce qu'on dégustait avant tout, c'était le cachet local.

Il ne s'était pas trompé. Son guide lui avait conseillé l'endroit, et il venait effectivement de très bien déjeuner. Malheureusement, on ne mangeait que rarement dans un établissement vide…

– Vous êtes là pour affaire ? lui demanda soudain son voisin.

Ils étaient installés aux petites tables à deux places que l'on trouve à droite en entrant dans l'établissement. En rang d'oignons, les solitaires déjeunaient en principe le nez dans un journal.

Il avait sursauté.

– Oui, en quelque sorte.

– Vous, vous êtes italien, si j'entends bien.

– Tout à fait, je suis de Milan.

– Ah ça, je connais. Une belle ville, mais on s'y égare vite en voiture ! (Il rit.) Mais c'est beau ! Notez que moi, sorti de Carouge... je suis vite perdu ! C'est que je suis né ici, je suis un vrai, il n'y en a plus beaucoup !

Quelle aubaine, il était tombé sur un bavard ! L'Italien aurait voulu fuir immédiatement. Mais son voisin ne l'entendait apparemment pas de cette oreille. Il venait de se lancer dans une grande diatribe sur la qualité de vie à Carouge et sur les « vrais » Carougeois. Il fallait faire un effort de courtoisie.

– Je vous comprends. Je suis milanais de naissance et on ne me ferait pas vivre ailleurs. Votre enthousiasme me fait plaisir.

Le Genevois observait le dandy qui lui parlait. Grand pour un latin, le cheveu noir et le sourcil très étroit, peut-être épilé pour donner au personnage une allure plus fine encore. Il acquiesça lorsque l'Italien voulu lui offrir un café. Il y a quand même des étrangers qui savent vivre ! se dit-il pour lui-même.

– Carouge vous plaît ?

– J'adore.

Il avait roulé les « r » juste comme il le fallait... Le Genevois eut un sourire narquois. Quel amusant personnage ! Mais il s'aperçut soudain que son interlocuteur avait un pansement à la tempe.

– Oh mais vous êtes blessé !

L'Italien porta rapidement la main à la tête pour dissimuler sa blessure. Il se voulut rassurant.

– Ce n'est rien, une bêtise ! (Il leva les yeux au ciel, sans penser qu'on risquait de le voir, tant ce qu'il venait de dire prenait tout son sens. La veille, en effet, il avait fait une grosse bêtise !)

– Vous avez mal ?

L'homme insistait. Dans d'autres circonstances, il aurait trouvé cette sollicitude sympathique. Pas là. Il devenait nerveux.

– Absolument pas. Je me suis cogné, c'est tout !

– Faites attention, rigola le Carougeois, la tête c'est fragile, et on n'en a qu'une ! Notez que, grand comme vous êtes, ça doit vous arriver souvent.

Non, il avait rarement échoué. L'autre commençait à lui échauffer les oreilles. Toutefois, il valait mieux rester aimable. D'expérience, il savait qu'il était toujours plus prudent de se faire un ami de ce genre d'individu. Il tenta, à son tour, une répartie humoristique.

– Oui, vous avez raison. Être grand, ça plaît aux femmes, mais ce n'est pas toujours pratique !

Il avait accompagné sa phrase d'un clin d'œil. Son voisin se tenait les côtes. Il avait mis dans le mille. Mais en le faisant rire, il n'était pas parvenu à le faire taire. Bien au contraire…

– Vous avez des affaires à Carouge ?

Sa curiosité devenait envahissante, mais le dandy ne perdait pas pied. Son éducation l'empêchait d'avoir l'air agacé.

– Je suis venu… voir un ami.

– Un gars d'ici ?

– Oui.

– Je le connais peut-être ?

– Peut-être.

Le ton était sec, cette fois. Le Carougeois avait dépassé les bornes, il le comprit vite. Quand l'Italien se leva, il n'aurait pas été étonné de le voir quitter l'établissement sans un mot. Mais il se dirigea vers le fond de l'établissement, d'où un escalier menait au sous-sol. En bas, il y avait une petite salle et les toilettes. C'est là sans doute qu'il se rendait.

Curieux bonhomme, cet Italien ! Il avait rarement connu un être aussi pincé, presque « plastifié ». Il empoigna *Le Léman* et acheva de lire les infos du matin commencées avec l'apéro.

Quand son voisin revint, le silence s'installa entre eux comme au début du repas. L'Italien regardait machinalement la page de gauche du journal étalé sur la table. Soudain, il se raidit et ses yeux fixèrent une partie de la page. Le Carougeois avait vu sa stupeur, mais resta discret. Il suivit le regard de son voisin. Ses yeux tombèrent alors sur un article de petite taille :

*Pfund copié : déjà des faux « Saint-Ex » !* Une photo de l'artiste figurait à côté. *À l'heure où démarre l'exposition sur le célèbre designer, on apprend qu'il est déjà copié en France voisine.* Le journaliste poursuivait en rappelant la longue maturation du nouveau billet français.

– Pfund, vous connaissez ? (Le Carougeois osait renouer la conversation.) C'est un gars d'ici. Enfin, importé mais d'ici. Ils ont été dessinés à quelques mètres de là, ces billets. On n'a jamais autant entendu parler d'un billet français de ce côté-ci de la frontière ; pourtant nous les Genevois, on a presque toujours des billets français dans la poche ! Mais je crois qu'on ne les a jamais tant regardés depuis qu'on sait que c'est un Carougeois qui les a dessinés !

– Et que disent-ils dans le journal ?

Le Milanais, essayant de paraître détaché, avait parlé comme s'il avait peur. L'autre lui fit un résumé en lisant l'article en accéléré.

– Il y a déjà des fausses coupures sur le marché... Enfin, ils parlent de « grossières copies »... Mais bon ! Y'a toujours des tordus qui veillent pour essayer de gagner des ronds sans rien faire. C'est normal ! Ça fait partie du jeu ! Et puis aujourd'hui, avec un bonne photocopieuse...

L'Italien serrait les mâchoires si fort que l'on voyait bouger ses maxillaires à travers les joues. Le Carougeois continuait.

– Ouais, attendez ! Ils parlent trop vite, ces journalistes. En fait, on a saisi deux faux billets reconnaissables à l'œil nu... alors évidemment, dans ces conditions, vous et moi on peut aussi en faire ! Il n'y a vraiment pas de quoi s'affoler. J'te jure ! C'est n'importe quoi. Ils n'ont même pas ouvert d'enquête !

Quand il releva les yeux, l'Italien avait disparu. Le Carougeois héla le garçon.

– Il a payé, le gars qui était vers moi ?

– Oui, en allant aux toilettes. Après, je ne l'ai plus revu.

– Ah ben celle-ci, elle est raide ! Tu parles avec un mec, t'es sympa, tu te dis qu'il est étranger, que toi, là-bas à Milan, tu trouverais gentil qu'on te cause un brin dans les bistrots, et puis soudain voilà qu'il met les voiles en pleine discussion. Ça a eu l'air de le foutre en boule cette histoire de faux billets....

– Il en a peut-être acheté hier et vient de réaliser qu'il s'est fait avoir...

– Ouais, ben j'y suis pour rien ! C'est tout moi, ça ! Il fallait que je tombe sur un folo !

# 8

– Toujours rien ? demanda Annick dès son entrée dans le bureau.

– Rien, répondit Inès. Je commence à croire que tu as raison : ce n'est pas normal.

– Tu connais Roger comme moi. Il ne serait jamais parti comme ça, ce n'est pas son style. D'abord, il nous en aurait parlé. En plus, il ne prendrait pas des vacances maintenant qu'on se lance justement sur ce projet bâlois qui le titillait depuis longtemps. Enfin, il ne nous aurait pas convoqué sachant qu'il partait !

– Tu as raison. Hier, je n'ai pas voulu m'affoler.

– Il n'empêche qu'on est dimanche, qu'il est neuf heures et que tu es là…

– Oui, parce qu'en me réveillant, j'ai d'abord pensé à téléphoner ici. Comme il ne répondait pas, je suis venue. Heureusement que tu est arrivée, je commençais à méchamment tourner en rond ! De surcroît, en me parquant dans la cour, j'ai vu sa voiture. Et les clés sont à la cuisine…

– Il faut qu'on alerte la police. On aurait même dû le faire tout de suite.

– Écoute, tu as réagi comme moi : on connaît Roger, il est la ponctualité même, il nous tient au courant de tout,

OK. Mais il a aussi droit à sa vie. Même si, pour lui, « vie privée » ne veut pas dire grand-chose. (Elle sourit.) J'ai même pensé qu'il avait pu tomber amoureux. Il a le droit de découcher sans nous demander d'autorisation...

Annick sourit à son tour.

– Je pense comme toi que ce ne serait pas une mauvaise chose pour lui, parce que notre Don Juan se laisse un peu aller ces derniers temps... mais quelque chose me dit que ce n'est pas ça. Depuis le temps, il nous aurait téléphoné. Il faut le dire aux flics.

– D'accord, vas-y.

L'agent de permanence prit tous les renseignements qu'Annick pouvait lui fournir. Il posa déjà un certain nombre de questions.

Le dossier allait être communiqué à la Sûreté le plus vite possible.

# 9

Des faux billets, quelle bande de cons, saboter un si beau travail ! L'Italien était encore sous le choc de ce qu'il venait de lire dans le journal. Il s'était mêlé à un groupe de touristes italiens qui visitaient l'église Sainte-Croix. « Un orgue magnifique » disait le guide tandis qu'il gravissait l'escalier en colimaçon du clocher. De là-haut, la vue était imprenable. Le guide continuait à parler dans un vague ronronnement. Quand le carillon retentit, il regretta d'avoir suivi le groupe. Le bruit était totalement assourdissant.

Redescendu dans l'église, il réfléchissait à ce qu'il devait faire. Il s'agenouilla sur un prie-Dieu, ce qui est encore la meilleure façon de pouvoir penser dans une église sans être dérangé.

Sa visite d'hier soir à Roger Pfund n'avait pas tourné comme il le voulait. L'artiste n'avait rien compris. Il avait pourtant été courtois, voire déférent. Alors pourquoi se moquer de lui ? Ça, il ne l'avait jamais supporté. Depuis son enfance, tous ceux qui avaient tenté de le faire avaient appris à leurs dépens qu'il ne fallait pas se moquer de Giuseppe Bambolino. Il savait être violent quand il le fallait. À ses yeux, sa fierté valait bien cela.

Il avait quitté les Pouilles, vingt ans auparavant, lorsque son passé devenait trop lourd. Il avait parcouru l'Italie, tâté de tous les petits métiers. Jusqu'à sa rencontre avec Alberto. Ce bel homme aurait presque pu être son grand-père. Il l'avait pris en affection et l'avait logé chez lui. Mais Alberto n'avait pas non plus respecté sa fierté. Alors, il avait fallu l'éliminer. Mais là, Giuseppe Bambolino avait commencé à être malin. Il avait su attendre afin de mettre la main sur la colossale fortune d'Alberto. Le vieil homme n'avait aucun héritier. Une chance pour Giuseppe. Le tournant de sa « carrière ». Il avait vidé les comptes en banque qu'Alberto avait ouverts à son nom, il avait vendu ce qu'il pouvait de la maison avant que le reste ne soit mis aux enchères et cédé à l'État.

Une fois de plus, Giuseppe avait changé de vie. L'Émilie-Romagne lui convenait pourtant, le climat y était agréable. Mais une ou deux personnes plus perspicaces que d'autres avaient commencé à trop l'observer. Il connaissait bien ces signaux d'alarme : il fallait partir. Maintenant qu'il était riche, ce serait plus facile.

L'art et la beauté avait toujours exercé sur lui une forte attraction. Milan fut donc une évidence. Nous étions alors au début des années quatre-vingts. On terminait la réfection du Dôme. Le quartier de la Scala regorgeait de lieux culturels dans lesquels on rencontrait une foule d'artistes venus suivre les travaux effectués dans la célèbre église. Celle-ci, promettait-on alors, serait d'une blancheur éblouissante. Tandis que la bâtisse se refaisait une jeunesse, Giuseppe Bambolino s'était, lui, reconstruit un passé à sa guise. Il était devenu Marco di San Marco, noble terrien né en Toscane, non loin de la mer, à Castagnetto Carducci, un bourg d'origine médiévale où il fut facile de s'inventer des ancêtres parents des célèbres comtes de la Gherardesca. Les Milanais, qui n'allaient pas se baigner plus loin que La Spezia, le croyaient volontiers. L'image plaisait au désormais comte di San Marco : la Toscane, avec ses racines étrusques, et Florence, berceau de la Renaissance, offraient un symbole d'art et de beauté qui résonne facilement dans l'esprit des artistes. Car c'étaient eux que San Marco voulait séduire en premier.

Il était rare qu'on lui demandât plus de détails sur ses origines. Une seule fois, un designer homosexuel qui l'avait pris en affection s'était trouvé de nombreux points communs avec lui puisqu'il venait lui-même de Sienne, à quelque quatre-vingts kilomètres de Castagnetto où habitait une vague cousine. San Marco l'avait fui comme la peste.

Il avait souhaité vivre non loin de la Scala. Encore un rêve d'enfant. Pour lui, c'était le comble de la classe. Il adorait prendre le thé, le matin, dans la galerie qui débouche en face du Dôme. Quand il sortait, on le croisait souvent au bar de la Pinacoteca, entre publicitaires et gens de mode. Les spaghetti-vin rouge accompagnés de jazz faisaient fureur, surtout si on les dégustait dans un commerce transformé pour l'occasion : le design avait pris possession de Milan, devenue une Mecque dans le domaine. La Foire de Milan avait concouru à cette réputation en apportant chaque année son lot de passionnés et de professionnels venus ici comme pour se ressourcer

Plus il y a de monde et plus l'on passe inaperçu. Fort de cette théorie, San Marco n'avait pas hésité à s'inviter partout. Au bout de quelques mois, il se précipitait vers le maître de cérémonie pour l'embrasser et le remercier de son invitation. L'hôte, prit dans un tourbillon de snobs et de pique-assiette, n'y voyait que du feu. Bientôt, San Marco fut présent dans toutes les gazettes. Sans que l'on ne parle jamais directement de lui, il se fondait dans tous les décors. Et payait rarement ses repas…

Bien sûr, il y avait un revers à cette médaille. Des hommes peu recommandables eurent tôt fait de tourner autour de lui. Ils découvrirent qui il était. Comment ? Mystère. Mais ils venaient souvent chez lui la nuit. Il n'osa jamais leur demander comment ils avaient fait pour se procurer la clef. Ils lui réclamèrent de l'argent, beaucoup d'argent. Il céda, car ils menaçaient de révéler son passé. En échange, il lui fallut reconnaître qu'il bénéficiait désormais d'une certaine protection.

Cherchant à oublier l'emprise que ces hommes avaient sur lui, il s'étourdissait de luxe et de beaux objets, ne sachant pas encore que le design deviendrait un véritable virus qui mobiliserait sa vie. Les années passèrent, San Marco poursuivait sa course. Il avait eu un coup de foudre très intense pour *Memphis* et ses objets totalement décalés et fous. Il avait même parlé, lors d'un cocktail, avec le célèbre architecte Sottsass ! Lui, Giuseppe Bambolino ! Il s'était épris du Musée d'art moderne de New York et de son catalogue, mais n'avait pas encore osé prendre l'avion pour traverser l'Atlantique. Il eût fallu montrer ses papiers, passer une douane… son passé risquait trop de le rattraper. Et ses « amis » aussi.

Mieux valait rester en Italie. Sa quête du beau l'entraîna bien sûr chez *Cassina*, dont le show-room de mobilier et de décoration était presque devenu une étape incontournable du Milan touristique. C'est là, via Durini, qu'il devait trouver son idole.

Roger Pfund avait été approché par la maison *Cassina* qui n'ignorait plus, comme tous les professionnels, la touche particulière que le graphiste suisse donnait aux objets. Via les campagnes de publicité de Teo Jakob, notamment, la réputation de l'artiste n'était plus à faire. Il fut contacté pour la réalisation d'un objet promotionnel. Une fois de plus, Pfund fascina par son innovation. L'objet, gadget publicitaire, devenait une œuvre d'art. Le Bernois créa une boîte. Pure et simple. Une boîte rouge – la couleur de la firme italienne – qui s'ouvrait sur des meubles miniatures. Elle fut montrée au public lors d'une grande soirée mondaine. San Marco ne l'aurait manquée pour rien au monde.

C'est ainsi qu'il découvrit Pfund. Depuis ce jour, San Marco en fit une obsession. Tout ce que dessinait l'artiste suisse, tout ce qu'il inventait, il fallait que le Milanais en possède un exemplaire ou une représentation. Délaissant les soirées milanaises dont il avait finalement fait le tour – même les snobs se lassent un jour –, il se jeta à âme perdue dans la poursuite de son nouveau maître. Pour lui, il osa enfin passer les frontières. Il était à Villeurbanne l'été dernier pour la présentation du travail de l'Atelier Pfund sur les billets français.

À cette occasion, il avait réitéré sa proposition à Roger. San Marco, en effet, s'était mis en tête de faire fabriquer un buste de Pfund, une pièce monumentale en bronze, pour la placer au cœur de son appartement milanais. L'artiste avait tout d'abord éclaté de rire. L'idée lui paraissait saugrenue et puis surtout d'un goût totalement moyen. Il voulait être le meilleur, certes, qu'on l'adule ne le dérangeait pas, mais le culte qu'entretenait l'Italien devenait gênant. Avec beaucoup de psychologie, Pfund expliqua à San Marco que ce n'était pas une bonne idée et qu'il ne se prêterait pas au jeu. Un point c'est tout. Depuis, chaque fois qu'il l'avait croisé, il avait écourté leur entrevue. Lors du vernissage au Musée de Carouge, il avait demandé à ses collaborateurs de tenir San Marco à distance. L'homme avait passé la soirée devant le buffet, placé sous une tente à l'extérieur du bâtiment. Il s'était gavé en attendant de parler à sa vedette. Mais une fois encore, Pfund avait fui. Telle une maîtresse délaissée, San Marco sentait l'artiste lui échapper et redoublait de charme. Le contraire de la bonne méthode ! Il agaçait. Il le savait, mais ne parvenait pas à agir autrement. Giuseppe Bambolino était revenu, et on commençait à se moquer de lui. Puisque San Marco ne parvenait pas à se faire respecter, Bambolino allait s'en mêler. Malheureusement, quand celui-ci se mettait en route, il ne s'arrêtait plus

En se rendant à l'atelier, il était convaincu de trouver Pfund seul. Mais un autre visiteur était déjà là. Roger et lui s'arrêtèrent de parler en le voyant. C'était donc ça ! Roger le repoussait mais prenait du temps pour les autres ! Son rival n'avait rien d'élégant, rien d'un homme de goût. Il était épais, aussi large qu'un buffet, avec des mains non manucurées et des cheveux indisciplinés. San Marco surmonta son dégoût. Il fit signe qu'il attendrait. Sans doute son autorité naturelle refit-elle surface, puisque l'autre homme bredouilla quelques mots et disparut.

Au moment où San Marco reprenait confiance en lui, tout s'écroula. Roger fut odieux. Il le traita plus bas que terre, affirmant qu'il n'avait pas besoin de malades mentaux dans son entourage. Le mauvais fonds de l'Italien se réveilla. Giuseppe Bambolino, qui avait déjà entendu un tel langage dans le passé, sortit son couteau. San Marco, horrifié par le geste, était tétanisé. Il se voyait agir sans rien pouvoir faire. Giuseppe, lui, n'avait pas perdu sa langue. Il dit au graphiste toute la haine qu'il lui vouait.

L'artiste fut d'abord surpris mais, finalement plus rapide que son agresseur, s'empara d'un objet qu'il lui lança à la tête. L'Italien ne s'y attendait pas et la douleur fut fulgurante sur sa tempe. Ni Giuseppe, ni San Marco ne tenait plus debout. Pfund avait reculé, comme effrayé par son propre geste. Le couteau était au sol. Il fallut quelques instants au blessé pour se relever et le ramasser. Il battit en retraite mais, en partant, promit d'alerter ses amis. « J'aurais voulu éviter cela », avait-il dit, « mais là, vous êtes allé trop loin. Quand mes amis s'occuperont de vous, il sera trop tard pour me demander du secours ! » Il avait dévalé l'escalier.

Sur la place du Marché, il avait pris un taxi. Il avait certainement mis du sang dans la voiture, mais dans le noir, le chauffeur n'y vit goutte. Arrivé à son hôtel, il s'était emparé du téléphone...

À froid et quelques jours plus tard, il avait des remords. Il n'était pas parvenu à revoir Roger. On lui avait répondu à deux reprises qu'il était sorti. Il ignorait ce que les autres étaient capables de faire, mais n'osait pas les rappeler. Devait-il retourner à l'Atelier ? Que ferait-il si on l'accusait alors ? Comment pourrait-il se défendre, expliquer son geste ? Il était exclu qu'il parle à la police ! S'ils apprenaient... adieu la belle vie. Il avait payé assez cher pour être préservé. Quand il verrait Roger, s'il parvenait à le retrouver, tout s'arrangerait. Il expliquerait aux autres qu'il y avait erreur. Roger, lui, comprendrait. Leur amitié était si forte que l'artiste ne pourrait rien lui refuser.

# 10

Le dossier monta très vite jusqu'à la Brigade criminelle. Roger Pfund avait disparu, c'était une personne connue à Genève et l'affaire ne pouvait être prise à la légère. Pourtant, il fallait rester discret.

Depuis longtemps, Norbert Simon avait demandé que chaque affaire passât par ses bureaux afin qu'il soit au courant de tout ce dont ses inspecteurs s'occupaient. Il n'était pas dans son tempérament de vouloir tout superviser. Il ne se prenait pas pour le maître absolu, mais partait de l'idée que, pour qu'un travail soit efficace dans une équipe, il fallait que chacun sache sur quoi travaillait l'autre. Parfois, une réflexion, un détail, dans une affaire ou dans une conversation, pouvaient avoir des incidences sur un autre dossier.

Ainsi donc, le dossier Pfund arriva sur son bureau. Il n'en prit pas connaissance tout de suite, occupé qu'il était au téléphone.

En l'ouvrant, ses yeux tombèrent immédiatement sur les nom et prénom du disparu. Le commissaire demeura immobile pendant de longues secondes.

– Non ! Pas lui !

Ses yeux, machinalement, se posèrent sur la petite fontaine installée au centre de son bureau. La vue de l'eau ruisselant sur les cailloux finit par se brouiller. Quelques larmes restaient bloquées entre ses cils. Trop d'images l'assaillaient d'un seul coup. La seule évocation du nom de Pfund le ramenait tant d'années en arrière...

Heureusement, il était seul dans son bureau. Personne ne pouvait percevoir son trouble.

✧

Elle était si belle... Il l'avait vue au fond de la boîte de nuit et sut instantanément que cette femme marquerait sa vie à tout jamais. Norbert Simon avait alors vingt-quatre ans ; il était un tout jeune inspecteur au sein de la Sûreté genevoise. À l'époque, quand on sortait, on allait au *Club 58*, au *Griffin's*. Dans ces années post-soixante-huitardes, on dansait sur Myriam Makeba ou sur les Aphrodite's Childs.

Carmen avait déjà vingt-neuf ans, mais ça ne se voyait pas. Elle avait adopté la coiffure à la mode, les cheveux crêpés puis lissés en arrière comme un casque, la nuque étant plus courte, et elle portait la célèbre guiche qui revenait sur la joue. Ses yeux étaient sombres, et ses fossettes, discrètes. Ses amies la surnommait « Mary Long ». Elle était l'exact portrait de la jeune femme qui ornait le paquet de cigarettes jaune.

Dans la vie de Norbert Simon, Carmen fut une révolution. Lui, simple fils de concierge, avait eu la tête tourneboulée par cette femme dans le vent, qui connaissait le monde de l'architecture, de l'art contemporain, du design, cette femme à qui tant de gens lançaient des bonjours. Le coup de foudre fut réciproque. Norbert gagna très vite l'estime des amis de Carmen. Ceux-ci la voyaient heureuse, épanouie, et trouvaient dans le couple l'expression parfaite de la complémentarité. Norbert et Carmen, en fait, ne se ressemblaient pas. C'était peut-être la recette de ce bonheur.

Pourtant, la vie de Carmen n'avait pas toujours été facile. Née en 1940 à Lausanne, elle n'avait que trois mois lorsque ses parents se tuèrent dans un accident de voiture. Elle fut recueillie par une famille bernoise. Sa mère adoptive étant d'origine romande, Carmen avait grandi dans une famille nombreuse et bilingue, dans une atmosphère mi-alémanique, mi-romande. Dans la Berne de l'après-guerre elle était devenue une petite fille heureuse entre des parents simples qui avaient su donner à leurs enfants un grand amour de la vie et une grande curiosité des choses.

Fritz, le père, était ébéniste. Il avait des mains énormes qui connaissaient la recette des caresses comme des fessées. L'équilibre entre les deux avait fait de Carmen et de ses frères et sœurs des enfants sereins, désirant très tôt évoluer par eux-mêmes. Presque tous s'étaient lancés dans de longues études. Carmen, reconnaissante envers ses parents adoptifs, avait un immense respect de la famille et de ce qu'un foyer pouvait apporter comme sécurité dans la vie d'un enfant. Jamais elle n'oublierait la chance qu'elle avait eue d'être ainsi recueillie. D'école primaire en gymnase, Carmen fit des études de bonne tenue, sans plus, elle était une élève appliquée quoique parfois trop « imaginative » au goût de certains de ses professeurs. Elle s'amusait à relater les commentaires relevés dans ses carnets d'école et y trouvait souvent l'explication d'une originalité dont elle sut plus tard faire son métier. Ce serait l'architecture. À l'époque, ce n'était pas la voie la plus classique pour une femme. Carmen s'obstina et parvint à boucler une formation difficile dans un laps de temps honorable. Sa jeunesse à Berne fut néanmoins mouvementée, ses amitiés multiples et variées, ses coups de cœur tout aussi nombreux.

Simon revoyait le regard de Carmen, et un sourire se dessina sur ses lèvres. Il avait entre les doigts une de ses petites boîtes d'allumettes dont il savait incurver le carton pour la faire tourner sur elle-même. La petite boîte tourna, tourna, Simon souriait à Carmen, les souvenirs lui réchauffaient le cœur.

Mais soudain, la boîte s'arrêta et Simon resta stupéfait par la coïncidence : sur la boîte d'allumettes figurait la Tour de Berne. Le policier cessa de sourire. Berne, c'était le passé de Carmen, mais aussi ses premières amours, et ça, Norbert le supportait très mal.

✧

Carmen avait aimé. Certes, il y avait longtemps, mais cela blessait Norbert. L'amour total qu'il offrait à sa femme ne souffrait dans sa personnalité à lui aucune comparaison possible. Et bien que Carmen lui ait dit et répété qu'il était « l'amour de sa vie », le jeune policier persistait à penser qu'il partageait l'amour de sa femme avec un autre homme. Ce dernier, aujourd'hui devenu un graphiste célèbre, avait étudié l'architecture à Berne. Il avait conquis Carmen quand elle avait entre dix-huit et vingt ans. Elle avait longuement conté à Simon cette Berne de sa jeunesse – fin des années cinquante et début des années soixante –, cette Berne à l'avant-garde de l'art en Suisse. La ville était alors une véritable fourmilière de jeunes talents, tous les grands faisaient le détour par la ville fédérale. C'était l'« Époque bernoise » pour l'art, la peinture, la sculpture. Au *Restaurant du Commerce*, l'art se dessinait, se défaisait, se reconstruisait. On vivait le soir, la nuit, on ne dormait pas beaucoup. Tout le monde se connaissait, les artistes étaient des collègues, des copains. Au milieu d'eux, il y avait Roger Pfund et Carmen. Parallèlement, Saint-Germain-des-Prés vivait ses grandes heures et son influence s'était étendue un peu partout en Europe. La jeunesse bernoise avait attrapé le virus du jazz et les caves se multipliaient. On vivait de fêtes et de musique. Roger jouait de la contrebasse, il était partout. Quand Luginbühl donnait une fête, il demandait à Roger et à son orchestre d'animer la soirée. Carmen et les autres suivaient. Le week-end, la bande partait à Bâle, à Zurich ou encore en Allemagne. Le groupe de Roger fut un des premiers à jouer au Festival de Montreux. C'étaient les débuts, ils étaient des pionniers. Cette vie avait donné à Carmen un goût définitif pour le voyage, baluchon sur l'épaule.

Norbert Simon empoigna la petite boîte d'allumettes et la jeta sur le sol. Quand elle en parlait, Carmen avait des étoiles au fond des yeux. Il se persuadait qu'elle avait aimé ce Roger bien après leur séparation.

Avec Roger, Carmen avait aussi connu la Côte d'Azur et les premiers moments de Juan-les-Pins. Pendant trois à quatre mois par an, toute la bande descendait dans le sud de la France, à Pégomas où vivait une partie de la famille de Roger. Tout près de Grasse, dans un hangar à mimosas libre de mai à fin septembre, Roger s'installait, au milieu des rats et des souris. Il y avait juste un petit local de douche. Il venait là avec son matériel de peinture et sa contrebasse. Il peignait tout le jour et, la nuit, il hantait les caves de Cannes et de la région.

Entre apéro, pastis et pétanque, il faisait à manger pour les copains. Carmen le rejoignait souvent. Elle avait expliqué à Norbert que sa relation avec Roger tenait plus d'une fusion musico-artistique que de l'amour. Mais le Genevois supportait mal cette connivence. Les souvenirs des autres blessent souvent. Norbert, sans le dire, comme beaucoup d'hommes, était de ceux qui souffraient de cette jalousie. Il aurait préféré une amie sans passé, sans amis. En même temps, il était conscient de sa contradiction : il avait justement été séduit par l'aspect sociable et pétillant de Carmen. C'est la vivacité de cette femme, son intelligence, son rire qui l'avaient conquis. On ne pouvait pas tout avoir. C'était cette Carmen-là qu'il aimait, et pourtant, c'était celle-là aussi qui conservait des souvenirs que rien n'effacerait. La Côte d'Azur avec Roger, c'était le bonheur, disait-elle, « une incroyable liberté d'expression, un mélange de cultures que je n'avais jamais rencontré ». Il n'y avait aucun tabou, les années soixante étaient celles du boom économique, du *baby-boom*, de la révolution sexuelle et culturelle. Mais la bande à Roger n'était pas constituée de hippies. Ils avaient en commun une conception bohème de l'existence, faite de whiskies plus que de sirop d'érable et de steaks plus que de tofu.

En 1968, Roger, Carmen et leur amis avaient été beaucoup plus secoués par l'invasion de la Tchécoslovaquie, par la violation des droits de l'homme à Prague, « toute cette saloperie » qu'ils dénonçaient haut et fort, que par un mois de mai parisien qui n'avait rien représenté pour eux. « C'était une conscience politique particulière », avait essayé d'expliquer Carmen, « nous n'étions pas communistes. C'était, comment te dire… on était des râleurs, on le disait à notre façon, avec la musique, avec le dessin. » Et puis 68, c'était à Paris, c'était loin. Cagnes-sur-Mer, Saint-Paul-de-Vence, c'était plus près. « Ce n'était pas gaucho du tout ! », s'était exclamée Carmen, « il y avait des fils de famille, des tas de gens bien, mais aussi des gens incroyables qui sont devenus plus tard connus ou célèbres. C'était un monde en soi qui ne ressemblait à rien ! »

Plus Carmen racontait, plus il devenait fou. Surtout quand elle disait qu'elle avait failli rester vivre là-bas avec Roger et les autres. Autant dire que Simon ne l'aurait jamais emmenée au bord de la Méditerranée. Sa façon à lui de lui faire tourner la page.

Leur passion fut violente, intense. Très rapidement, Norbert ne vécut plus que pour celle qui occupait tout son esprit. Malheureusement, cinq ans plus tard, Carmen l'abandonnait à sa solitude et à sa douleur.

✧

Norbert se leva. D'un geste brusque, il referma la fenêtre, enfila rageusement sa veste et quitta la pièce. Il ne supportait pas de repenser à tout cela. Même si Carmen, aujourd'hui encore, faisait partie de sa vie, il y avait des moments si douloureux qu'il préférait ne plus y penser.

# 11

Calame et Mallaury avaient rarement vu le commissaire avec un air aussi fermé. Sa mâchoire restait bloquée sur une rage dont ils ignoraient l'origine. Quand il leur donna ordre de le suivre, ils s'exécutèrent sans poser de questions. Comme lui, ils avaient pris connaissance de l'avis de disparition lancé par l'Atelier Pfund. Pendant le trajet entre Carl-Vogt et Carouge, Calame avait brièvement résumé la situation au patron. Tous les contrôles classiques avaient eu lieu : accidents, hôpitaux, cliniques, etc., aucun signalement ne correspondait à celui de Roger Pfund. Le graphiste avait maintenant disparu depuis trois jours.

Arrivé dans l'immense local de la rue Vautier, le commissaire s'adressa à la réceptionniste qui l'aiguilla vers d'autres employés.

– Toujours rien ? demanda Simon à la jeune femme blonde qui lui faisait face. Il brandissait sa carte. Comme les flics de série noire qu'il détestait.

– Toujours rien, commissaire. Je suis Annick, c'est moi qui ai téléphoné. Nous sommes très inquiets. Nous avons retourné le problème dans tous les sens. Roger ne disparaîtrait pas ainsi. En pleine expo, ponctuel comme il l'est, c'est impossible. Tout artiste qu'il est, il garde les pieds sur terre et respecte ses engagements.

– Il est créateur, rêveur, il n'a pas toujours bon caractère, OK, renchérit la grande fille noiraude assise plus loin, mais quand il prend une affaire en main, il la suit. Actuellement, nous sommes sur un nouveau projet que Roger n'aurait jamais abandonné comme ça.

Les policiers demandèrent à tous les employés présents de se réunir au centre de la pièce, autour d'une table. Pendant que Calame notait dans son carnet l'identité de chacun, Simon expliqua que la procédure débutait toujours par une série de contrôles de routine.

Il prenait sur lui pour avoir l'air courtois.

– D'après ces demoiselles, dit-il en désignant de la main Annick et Inès, il pourrait s'agir d'une affaire grave, car votre patron n'a pas l'habitude de s'évaporer de la sorte. Néanmoins, aucun indice ne laisse supposer qu'il aurait des problèmes. Nous allons, pour le moment, prendre tous les renseignements qui peuvent nous être utiles sur vous et votre emploi du temps de vendredi soir, puisque c'est apparemment la dernière fois qu'on l'a vu.

– Ça veut dire qu'on est tous suspects ?

– Ça pourrait vouloir le dire, répondit Simon comme l'aurait fait un instituteur. Mais à ce stade, et à moins que vous n'ayez pas bonne conscience, je ne vois aucune raison de suspecter qui que ce soit. Mes deux inspecteurs vont vous interroger. Essayez de vous remémorer la soirée de vendredi. N'importe quel détail aura peut-être son importance.

Pendant que Mallaury et Calame s'exécutaient, Simon fit le tour de l'atelier, mains dans les poches, dans un silence total. Il demanda à entrer dans l'appartement privé. Une employée prit une clé dans un tiroir et ouvrit la porte.

– Êtes-vous entrés dans l'appartement ? demanda Mallaury à la jeune femme.

– Oui, le premier matin où nous ne l'avons pas vu. Nous avons pensé qu'il était resté endormi… D'ailleurs, la porte était entrouverte.

– Ah ? releva Simon, il serait donc parti sans fermer la porte ?

– C'est une des choses que nous avons trouvées anormales, répondit Inès qui s'était levée et venait vers eux. Il y avait bien un peu de désordre, mais rien qui laisserait penser à un cambriolage.

– Pourquoi parlez-vous de cambriolage ?

Inès eut une légère retenue.

– Parce que… n'est-ce pas un des indices que l'on cherche, en général ?

Simon se contenta de lever les yeux au ciel. Cependant, il avait noté la réaction de la fille.

Les policiers entrèrent. Dans la chambre à coucher, le lit-futon était disposé sur un podium de parquet, en haut de deux grandes marches.

Simon resta longtemps à fixer les draps froissés. Calame et Mallaury échangèrent un regard plein d'interrogation. Ils semblaient se poser les mêmes questions, mais n'auraient pas osé le faire à voix haute. Dans le salon tout en longueur, on ne voyait aucun trace de bagarre. La bibliothèque était parfaitement ordonnée. Sur le rebord de la fenêtre fermée, les objets de décoration paraissaient à leur place. Les fauteuils en cuir, de forme très moderne, entouraient une table métallique sur laquelle était posé un gros cendrier plein de mégots. Le commissaire mit machinalement les doigts dans le cendrier, pour contrôler la température des bouts de filtre qui traînaient là. Tout était froid.

La cuisine était éclairée par une immense baie vitrée à petits carreaux et disposait d'un plafond très haut. Le plan de travail, sur la gauche de la pièce, était constitué de matières métalliques nobles, dans un design ultra-contemporain. Au centre, une table et dix chaises. Une pièce dans laquelle on avait soigné la qualité de vie (on voyait pendre ici et là des guirlandes d'ails et d'oignons), quelques bonnes bouteilles étaient posées sur un rayon. Les casseroles étaient de qualité. L'habitant de ces lieux devait être un fin gastronome et en tout cas un amateur de vins éclairé.

– Il faudra quand même demander au labo de venir prendre quelques traces, dit Simon en regardant Calame.

– Ça sera fait, patron.

– À part ça, je ne vois rien. On peut partir.

Ils arrivaient près de la porte lorsque le cri retentit. Chacun se tourna vers le bureau d'Annick. Maria, la jeune Espagnole chargée du nettoyage, était figée sur place. Ses yeux écarquillés fixaient le sol.

– Ne touchez à rien, lança Simon en se précipitant vers la jeune femme.

Tout d'abord, il ne vit qu'un sol défraîchi. Mais très vite, il comprit que les petites marques étaient rouges. Du sang, certainement. Mais pas de quoi faire hurler une femme de ménage à moins que celle-ci ne voue un culte particulier à la propreté.

En suivant la trajectoire du regard de l'Espagnole qui ne bougeait toujours pas, il avisa, plus loin sous le bureau, une forme étrange. Il fit signe à Mallaury, tandis qu'il mettait un genou à terre en essayant toutefois de ne pas toucher aux taches de sang.

Avec le tissu que lui tendait son inspecteur, Simon s'empara de l'objet. Il se releva péniblement. Tous poussèrent une exclamation.

Le cube métallique tenu par le commissaire était couvert de sang !

## 12

– Vous connaissez cet objet ? demanda Simon à voix haute en regardant autour de lui.

Les employés de l'atelier restaient comme fascinés par ce qu'ils voyaient.

– Oui, répondit Inès. C'est un gadget que Roger a inventé il y a déjà longtemps. Comme l'engin est lourd, il l'utilise souvent pour tenir des feuilles rebelles.

– Où se trouve-t-il d'habitude ?

– Sur la table à dessin derrière vous.

Le commissaire, d'un geste, pria la jeune femme de s'avancer vers ladite table.

– Où ?

– Il est toujours dans ce coin, pour tenir les bouts de plans que l'on déroule comme cela. (Elle avait joint le geste à l'explication.)

– Ce serait donc bien ce cube-ci ?

– Je pense que oui.

Simon inspira lentement, redressant les épaules. Il s'apprêtait à donner des ordres.

– Personne ne bouge, en tout cas jusqu'à ce que le service d'identification arrive. Mallaury, mettez ceci en lieu sûr. Je suis désolé, mais plus personne n'entre ou ne sort d'ici. Merci à chacun de s'asseoir à sa place. Messieurs, au travail.

Calame alerta le Service d'Identification Judiciaire. Les spécialistes de Carl-Vogt prenaient leur matériel et seraient là dans quelques instants. Mallaury glissa discrètement à Simon :

– À mon avis, il y a de magnifiques empreintes sur le cube. On fait prendre celles de tout le monde.

– C'est une bonne idée pendant qu'ils sont tous là. Mais je ne sens pas le coupable parmi ces gens. En exhibant le cube ensanglanté, j'ai regardé leur visage. Ils étaient tous horrifiés, vraiment. Pour pouvoir comparer les groupes sanguins, il faudra aussi demander le nom du médecin soignant de...

– De Pfund ? Ça devrait être facile à trouver. (Décidément, le patron se bloquait sur ce nom...)

Une heure plus tard, les trois policiers se trouvaient dans la voiture qui les ramenait à l'Hôtel de Police. Mallaury était perplexe. Jamais, depuis tant d'années qu'il travaillait avec le commissaire Simon, il ne l'avait vu aussi glacial et détaché de l'affaire à traiter. Sous des dehors d'ours mal léché, Simon était un homme profondément humain et sensible. Mallaury avait eu maintes fois l'occasion de s'en rendre compte. Qu'advenait-il aujourd'hui de cette bonté d'âme ? Que s'était-il passé le matin même qui avait mis le patron dans une telle humeur ? L'affaire elle-même le dérangeait-elle à ce point ? Il s'en était tenu strictement à son rôle de flic, prenant exactement les bonnes décisions, mais sans plus.

En ressortant du loft, Simon n'avait pas adressé la parole aux employés de l'atelier. Après le départ du SIJ, il avait brièvement fureté à gauche et à droite, soulevé quelques papiers, puis salué les personnes présentes d'un simple signe de tête. Le trio muet avait regagné la voiture. Depuis dix minutes qu'ils roulaient, le commissaire n'avait pas desserré les dents. Mallaury respectait toujours les attitudes de son supérieur. Sans doute Calame était-il dans la même situation. Ils regagnèrent le boulevard Carl-Vogt en silence.

# 13

L'inspecteur Martin ne posait jamais de questions inutiles. Il ignorait la raison pour laquelle son chef était si renfrogné, mais il avait l'attente pour règle. Cette qualité s'était révélée précieuse dans plus d'une enquête.

En silence, il avait regardé partir ses trois collègues avant de pousser la porte de la brasserie. On y pénétrait par une entrée vitrée, qui donnait sous le porche d'accès aux halles marchandes. À cette heure de la matinée, l'établissement était presque vide. Seuls deux ouvriers en bleu de travail terminaient leur café près de la fenêtre.

Martin se dirigea directement vers l'homme qui mettait de l'ordre sur le comptoir.

– Vous êtes le responsable de l'établissement ?

– Oui, Monsieur. Quelque chose ne va pas ?

Martin ne s'attendait pas à la réponse.

– Si, tout va bien. Police. J'ai quelques questions à vous poser.

– La police ? Qu'est-ce qu'elle me reproche, la police ?

– Rien, rassurez-vous. Puis-je m'asseoir ?

– Vous êtes chez vous. Café ou bière ?

– Café, merci. Vous devriez savoir...

– … qu'on ne boit pas pendant le service, oui, j'ai entendu ça dans les films. Mais ça ne doit pas être valable pour tous les flics de Genève, ceci dit sans vous choquer, Inspecteur.

Martin sourit. Sous ses airs agressifs, le patron semblait bien sympathique.

– Alors, qui cherchez-vous ?

– Plusieurs personnes, en réalité. Je voudrais tout d'abord savoir si vous étiez ici vendredi soir.

– Oui, comme tous les soirs, je fais la fermeture.

– Et l'ouverture, alors ? dit Martin avec un geste des deux mains montrant l'établissement.

– Souvent, oui. Mais ça ne me dérange pas : je dors très peu.

– Vous avez de la chance. Donc, vous étiez ici vendredi.

– Oui, j'ai fermé peu avant minuit. C'était étonnamment calme pour une fin de semaine.

– Auriez-vous vu quelque chose d'anormal ?

– Dans mon bistrot ?

– Dedans ou dehors. Dans l'allée, sur le trottoir, par ici autour en fait.

– Non… (Le restaurateur fouillait dans ses souvenirs.) Rien d'anormal, je ne crois pas.

– Avez-vous vu Roger Pfund ?

– Aïe ! C'est difficile à dire, je le vois tous les jours… attendez, mais oui, je l'ai vu. Il rentrait avec une partie de son équipe. Ces temps-ci, ils travaillent souvent tard. Certains finissent même par manger un morceau chez moi avant de partir. Vendredi soir, oui, je les ai vus. (Il y eut un silence.) Maintenant que je cherche bien, je crois que c'est ce soir-là que je l'ai vu ressortir.

Martin sursauta.

– Qui ? Pfund ?

– Oui. Même que j'ai été étonné parce qu'il ne m'a pas fait un geste, comme d'habitude.

– Quelle heure était-il ?

– Entre onze heures et quart et onze heures et demie.

– Qu'est-ce qui vous permet d'être si précis ?

– Un de mes amis était parti un moment avant, il devait être chez lui à onze heures, à cause de sa femme. Alors, le temps que je range un peu...

– Avez-vous vu s'il était seul ?

– Non, il était accompagné, mais je n'ai pas vu le visage de l'autre personne.

– Savez-vous dans quelle direction ils sont partis ?

– Non. Je n'y ai pas prêté attention.

– Il n'y avait pas de voiture garée devant chez vous ?

– Non, ça j'en suis certain ; je l'aurais remarquée. Mon ami avait justement mis la sienne sous le porche. Mais vous savez, s'ils sont passés par derrière, je n'ai rien vu...

– Par derrière ?

– Roger se parque toujours dans la cour, comme plusieurs personnes de l'atelier.

– Mais les Halles sont fermées, la nuit ?

– Oui, mais il suffit d'avoir la clé. C'est le cas de tous ceux qui ont accès au parking

– Vous n'avez pas revu Monsieur Pfund par la suite ?

– Non, un peu plus tard, je suis rentré chez moi. Mais qu'est-ce qu'il a fait, Roger ?

– Nous ne le savons pas encore.

– Mais enfin, il s'est passé quelque chose, il a fait une connerie ?

– Vous n'avez pas eu de client bizarre ce soir-là ?

– Vous posez là une drôle de question, Inspecteur. Dans les cafés de Carouge, le soir, il y a souvent de drôles de zozos. Mais plus spécial que les autres, non. Pas que je me souvienne. Tiens, ben, vous n'avez qu'à lui demander, à lui. « Le Tsar peut tout, sait tout », c'est sa devise !

Martin se retourna. Mais il n'eut pas le temps de voir grand-chose : au moment où son regard croisa celui de l'homme qui entrait, ce dernier fit deux pas en arrière, sembla hésiter, puis partit en courant. Martin renversa sa chaise et se jeta à la poursuite de l'individu. L'inspecteur était pourtant svelte et sportif, mais le fuyard avait une bonne marge d'avance. Le policier traversa le carrefour, évita le tram, bouscula une femme âgée devant l'entrée de la *Migros* et longea le trottoir de la rue du Collège. Loin devant lui, il vit l'homme tourner sur sa droite. Arrivé à l'angle, il partit à son tour vers la place de Sardaigne. Il crut voir le fuyard de l'autre côté de la place. Martin tenta encore d'accélérer, mais il arrivait au bout de ses forces. Quand il atteignit le boulevard des Promenades, sa proie lui avait échappé. Il arpenta encore les lieux pendant quelques minutes, sans succès. Il traversa en direction de la *Brasserie des Tours*, examina la place, les bassins vides des célèbres fontaines et dut se rendre à l'évidence : on l'avait semé.

Quelques instants plus tard, il revenait sur ses pas, rue Vautier. Le restaurateur l'attendait à la porte.

– Vous ne l'avez pas pris ? Il est fou ! Je ne l'ai jamais vu comme ça !

– Comment avez-vous dit qu'il s'appelait ?

– Dans les cafés, on l'appelle « le Tsar » en raison de ses origines russes. En fait, il se prénomme Vladimir. Mais j'ignore son nom.

Le patron du café ajouta qu'il ne connaissait pas l'adresse du fugitif. Il offrit un verre d'eau à l'inspecteur qui s'assit et rouvrit son carnet.

– Vous m'avez dit qu'il était ici vendredi ?

– Oui, il a passé un bon bout de la soirée chez nous. Il a dû partir à peu près en même temps que mon copain. Il avait beaucoup bu.

– Alcoolo ?

Le cafetier eut une moue hésitante.

– Non, je n'irais pas jusque-là. Mais bon buveur, en tout cas. Vendredi, il était un peu grognon. Il buvait peut-être à cause de ça, mais ce n'est pas mon boulot de poser des questions.

Martin était impatient de faire son rapport. Mais avant de repartir vers le bureau, il eut l'intuition de repasser par l'atelier. Annick était disponible.

– Des problèmes ? On ne gère pas une telle entreprise sans coups de gueule de temps à autre...

– Mais je veux dire : des affaires plus compliquées, nécessitant l'intervention d'un homme de loi, par exemple.

– Ah mais oui ! Il y a justement cette plainte que nous avons déposée la semaine dernière.

– Contre qui ?

– Vladimir Bortonichov. Un ami de Roger. Enfin, un client, un ex-ami, qui deviendra vite un « ex » tout court !

– N'est-ce pas l'homme que l'on surnomme « le Tsar » ?

– Exactement, vous savez déjà ça ? Chapeau ! C'est un grand gars, une force de la nature (Martin n'osa pas dire qu'il le savait aussi...), un Russe d'origine, un sacré tempérament. Ça fait des années que Roger le traîne derrière lui. Roger est incapable de dissocier. Les amis deviennent des clients, et inversement. C'est souvent très sympa, mais ça peut aussi poser des problèmes. On ne devrait jamais faire d'affaires avec ses amis, c'est le meilleur moyen de les perdre. Roger le sait, car il a déjà eu des problèmes de ce genre. Mais là, c'est allé trop loin. Vladimir nous a commandé des maquettes pour une campagne humanitaire dans l'ancien bloc communiste. Roger a énormément bossé sur le dossier. Et soudain, Vladimir est venu nous dire que ses commanditaires renonçaient. La facture s'élevait déjà à plusieurs dizaines de milliers de francs. D'après notre avocat, nous n'aurons pas un rond. L'homme fanfaronne beaucoup, mais n'a pas d'argent. En tout cas, on dit que celui qu'il dépense n'est pas le sien.

– Il vient souvent à l'atelier ?

– Oui, il traîne toujours dans le quartier. Personne ne sait exactement ce qu'il fait. Il venait souvent voir Roger. Mais depuis qu'il nous doit cet argent, on l'a beaucoup moins vu.

– Quand l'avez-vous aperçu pour la dernière fois ?

– Il doit y avoir une semaine. Il est venu négocier sa facture. Il ne supportait pas que Roger ait déposé plainte. Il a fait tout un numéro de larmes, jouant sur la corde sensible de Roger qui, cette fois, ne s'est pas laissé avoir. Il m'a même étonnée. Finalement, Vladimir est reparti fâché. Je ne l'ai plus revu.

– Pouvez-vous me donner copie des documents relatifs à l'affaire ?

Annick s'exécuta rapidement.

# 14

Suivant la procédure classique, un avis de recherche fut publié. Très rapidement diffusé dans tout le pays, il fut également transmis en France, Pfund étant binational. De surcroît, le graphiste possédait depuis longtemps une maison de l'autre côté de la frontière, au pied du Salève. Seuls les agents français pouvaient effectuer une visite dans la résidence secondaire du disparu.

Dans ces cas-là, une demande officielle est systématiquement envoyée à Interpol, pour la bonne forme. En réalité et pour gagner du temps, les policiers genevois préfèrent en parler directement avec leurs homologues français. Ainsi Calame parvint-il à atteindre le commissaire Lambert d'Annemasse. La maison de Pfund était située sur le territoire de Saint-Julien-en-Genevois, et c'était donc Bernier qui s'en occuperait. Au moins, Lambert savait. Ses hommes pourraient être rapidement informés. Cela pouvait être utile en cas de découverte d'un cadavre, par exemple. Le signalement de Pfund fut communiqué avec photo. Le SRPJ d'Annecy fut contacté et un dispositif mis en place côté français. Bernier promit de fouiller la maison du graphiste au plus vite.

La même démarche fut conduite auprès des douanes. Avec plus de cent kilomètres de frontière avec la France, une telle procédure était courante. Non loin de Carouge, il y avait déjà une dizaine de postes de douane susceptibles de voir passer Roger Pfund, sans compter tous les passages sauvages, à travers bois ou champs, que la douane « volante » arpentait continuellement.

– Que recherche-t-on exactement ? avait demandé un gradé des douanes à Calame. Un fugitif qui n'a pas la conscience tranquille ou un macchabée ?

La question avait le mérite d'être directe, mais elle surprit néanmoins Calame.

– Pour l'heure, nous n'en savons rien. M. Pfund lui-même n'a, à notre connaissance, rien à se reprocher. Il pourrait plutôt avoir été enlevé et malheureusement aussi abattu, mais pour des raisons que nous ignorons jusqu'ici.

# 15

Un fantôme bleu dévala la rue des Chaudronniers, déboucha sur la place du Bourg-de-Four pour s'arrêter devant le poste de police. Dans un grincement terrible, la base de l'engin fut mise en position d'arrêt, et l'énergumène gigota en tous sens.

Derrière la vitre, l'agent François observait la scène. Il interrompit son travail et s'avança plus près de la fenêtre. La créature bleue s'approchait de la porte lorsqu'une nouvelle rafale de vent faillit la coucher au sol. François sourit. L'hiver et le mauvais temps offraient toujours des spectacles particuliers. Les conducteurs de deux-roues ne redoutant aucune tempête se harnachaient toujours de façon comique. Il se rendit alors dans l'allée du poste pour assister à l'effeuillage du monstre. Le coupe-vent recouvrait encore la tête, le pantalon deux fois trop grand dissimulait tout le reste.

– Puis-je vous aider, Madame la Procureure ?

Un grand rire retentit sous l'imperméable.

– Merci, vous êtes adorable, mais j'ai l'habitude. Quel temps, n'est-ce pas ?

– Mais pourquoi vous refusez-vous à venir en taxi ?

– Parce que je déteste ça et que j'ai plus de liberté en deux-roues.

Une jolie tête blonde émergea soudain du nylon. Les yeux bleus de la magistrate rayonnaient encore plus au contact du K-way azur. Elle acheva de se déshabiller et tendit ses survêtements détrempés à François. Les grosses bottes en caoutchouc resteraient au poste de police, comme le reste.

La jeune femme lissa son corsage et son blazer, fit de même avec le pantalon et sortit de son sac à main une brosse avec laquelle elle remit de l'ordre dans ses cheveux. Quelques minutes plus tard, c'était une petite femme coquette qui prenait l'ascenseur menant aux étages.

En haut, elle longea le couloir, monta encore d'un niveau pour se retrouver dans son domaine : le Parquet était logé sous les toits, dans des mansardes entièrement rénovées, écrasées sous la chaleur en été, mais qui, à cette époque de l'année, maintenaient une douce température dans les bureaux. Derrière les vitres de la réception, deux secrétaires firent un petit signe de bienvenue à leur cheffe. Marie-Anne Widmer poussa enfin la porte de son bureau. La journée du lundi avait été chargée et celle de ce mardi promettait de l'être tout autant. Au-delà des affaires courantes, la magistrate préparait un procès important. Pour la première fois de sa carrière, elle s'apprêtait à requérir la prison à vie. L'audience était agendée pour le milieu de l'année suivante, mais elle aimait s'y prendre tôt car sa nature angoissée ne lui autorisait aucun laisse-aller.

C'est peut-être cette réputation de perfectionnisme qui l'avait conduite, il y avait plus de trois ans, sur la plus haute marche de la magistrature genevoise. Son élection avait constitué un moment historique dont la presse s'était délectée : Marie-Anne Widmer était la première femme Procureur dans l'histoire de la République et Canton de Genève. Elle avait d'autant plus surpris que son jeune âge (elle avait alors quarante ans) et son statut de célibataire ne lui conféraient pas cette « respectabilité » que beaucoup mettaient en avant comme gage de capacité. Présentée par un parti de droite, elle ne faisait pas l'unanimité dans les milieux politiques.

L'élection du Procureur, d'après la Constitution, ne fait l'objet d'une votation populaire qu'au cas où les candidatures sont multiples. Depuis plusieurs décennies, le Landerneau politique s'arrangeait pour ne soumettre qu'un seul candidat et ignorer ainsi l'avis du peuple qui fut tout étonné, en mai 1990, que l'on vienne lui demander de se prononcer. Il découvrait alors ce qu'était un procureur, ce personnage que Daumier avait si bien caricaturé le doigt pointé sur l'assassin et demandant sa tête. Les Genevois apprirent ainsi l'immensité de la tâche qui incombe à ce haut magistrat, une tâche parfois très administrative et rébarbative, mais un travail plus souvent proche du social que du pénal, un rôle essentiel dans la Cité que plusieurs hommes d'envergure avaient endossé jusque-là. Habel avait sans doute été le plus insipide d'entre eux. Il était en poste depuis douze ans, puisque reconduit tacitement à l'issue de son premier mandat. Sa personnalité terne avait été un atout face à ceux qui pensaient pouvoir tirer les ficelles du pouvoir judiciaire dans son dos. Or, l'homme était peut-être fade, mais loin d'être idiot. Quelques dossiers délicats l'avaient propulsé à l'avant-scène, et il avait su jouer sa partition avec une virtuosité discrète mais efficace. Violoniste à ses heures perdues, Habel avait décidé en 1990 de retourner à la musique qui était toute sa vie.

Comme émoustillés après une longue nuit de sommeil, les partis s'étaient alors lancés dans une bagarre farouche pour placer un des leurs tout en haut de l'échelle. Était-ce la place du premier citoyen de la République ? La Constitution, sur ce point, n'était pas claire : le Président du Conseil d'État, le Président du Grand Conseil et le Procureur se partageaient cet honneur. Mettre une femme à ce poste, c'était la révolution chez Calvin !

Marie-Anne Widmer (en deux prénoms, elle y tenait beaucoup !) avait suivi un cursus classique. Issue d'un milieu bourgeois, elle avait décroché sa maturité au Collège Calvin avant de réussir en trois ans une licence en droit. Elle fit son stage d'avocat dans trois études successives. Cinq ans plus tard, elle entrait dans la Magistrature. Substitut du Procureur, elle se découvrit la passion de l'enquête lorsqu'elle devait requérir en Chambre d'accusation. Très rapidement, elle devint Juge d'instruction, puis juge au Tribunal de police, puis à la Cour, ce qu'elle était au moment de son élection au Parquet.

Ses détracteurs avaient bien essayé de trouver des failles dans son dossier, il n'y en avait pas. En face d'elle, un vieux routard du Palais partait gagnant, assuré qu'il était de remporter une victoire qui ne pouvait revenir qu'à un homme. Mais les femmes avaient fait leur entrée en force au Palais, il fallait désormais compter avec elles. Deux ou trois femmes juges d'instruction avaient actuellement entre les mains les plus gros dossiers.

Marie-Anne Widmer rassembla les femmes, les mécontents et tous ceux qui souhaitaient un peu dépoussiérer le Palais de Justice. Sa victoire fut incontestable. Une nouvelle ère commençait. La jeune Procureure (elle avait instauré la mise au féminin de tous les termes de la hiérarchie) avait une conception très moderne de la direction et des relations humaines. Elle circulait en deux-roues, faisait de l'équitation par tous les temps, ne buvait jamais une goutte d'alcool, et il n'était pas rare de la voir se promener sans chaussures sur l'étage. Les vieux greffiers n'en croyaient pas leurs yeux. Mais l'efficacité de son travail avait permis très vite à M^me^ Widmer de gagner l'estime de toute son équipe.

Sur son bureau, un message urgent : l'équipe du Commissaire Simon demandait qu'elle les rappelle. À peine assise, elle décrocha son téléphone. Mallaury lui résuma l'affaire Pfund. On avait déjà un suspect dans le collimateur ; l'homme avait prit la fuite, mais on l'arrêterait certainement dans les heures à venir.

Marie-Anne Widmer agit dans l'heure. Une information pénale fut ouverte pour disparition, voire pour meurtre, et confiée au juge Saint-Ours. Il fallait, pour ce dossier, un magistrat à la carrure solide, car l'affaire se révélerait vite très médiatique. Saint-Ours savait bien gérer ces moments-là. Il travaillait depuis des années main dans la main avec le commissaire Simon, et il ne faut pas changer une équipe qui gagne.

Le dossier redescendit donc dans la matinée sur le bureau du petit juge aux cheveux blancs coupés en brosse.

# 16

Une fois hors de portée du policier, Vladimir Bortonichov s'était effondré dans l'allée qui l'abritait. Quand il avait vu le patron du bistrot le montrer du doigt, il avait compris. C'était la police. Il avait couru le plus vite possible – l'occasion de prouver qu'il avait de beaux restes.

Mais vendredi soir, il n'aurait pas dû venir rue Vautier. Il aurait dû suivre son instinct qui lui disait « danger ! ». Combien de fois dans sa vie avait-il déjà méprisé cet avertissement de sa conscience ? Combien cela lui avait-il déjà coûté ?

Savait-il seulement jusqu'où remontaient ses origines ? « Loin dans les steppes de l'est » comme il se plaisait à le raconter dans les bistrots où il entretenait une petite cour. Arrivé à Genève au milieu des années septante, Vladimir avait rapidement rejoint l'élite brillante du moment, celle qui ne naviguait qu'à la *Nautique*, buvait à l'*Orangerie* de la rue Etienne-Dumont et s'éclatait au Tennis du Parc des Eaux-Vives. Personne n'aurait pu dire ce qu'il faisait exactement. Mais il séduisait tant qu'on ne lui demandait plus rien. Le charme slave opérait. L'homme avait une carrure impressionnante. Été comme hiver, il se promenait en bras de chemise, prétendant ne jamais avoir froid. Il avalait des verres de vodka comme d'autres des cafés noirs et ne pouvait engloutir un plat que si ce dernier était complètement recouvert de poivre moulu. Ses petites amies racontaient toutes de lui qu'il était un amant inventif et parfait. L'homme était au pinacle.

Il avait un don particulier pour apparaître dans le cadre de tous les événements importants en rapport avec ce que l'on appelait encore à l'époque « le bloc de l'est ». Sa maîtrise du russe l'avait propulsé à l'avant-scène de diverses manifestations culturelles qui militaient en faveur de la chute du Mur de Berlin et de la réconciliation. Combien l'avaient soupçonné d'appartenir à la mafia russe, sans jamais aucune preuve !

C'est justement en rapport avec la Russie qu'il fit en 1978 la connaissance de Roger Pfund. Le graphiste bernois était devenu genevois peu après avoir remporté le concours de la Banque Nationale pour la création d'une nouvelle série de billets de banque. Il était notamment l'auteur de la série de réserve que la Confédération gardait en secret dans ses coffres pour le jour où, pour une raison majeure, les billets en vigueur devraient être retirés de la circulation et remplacés au plus vite. L'artiste bernois avait acquis, par le biais de ce prix, une renommée hors norme dans le domaine du papier fiduciaire. Il avait surtout inventé un nouveau concept, en élaborant une monnaie autour de personnages suisses illustres, au lieu des sujets allégoriques habituels. Quand une firme spécialisée dans la fabrication de presses à billets de banque voulut créer un spécimen, elle fit tout naturellement appel à Pfund. Il s'agissait d'un billet russe sur le thème de Pouchkine. Le graphiste s'était documenté auprès de milieux artistiques russes. C'est ainsi qu'il avait fait la connaissance de Vladimir.

Les deux hommes étaient devenus amis. Roger avait toujours eu un faible pour les exilés, les paumés, les victimes d'injustice ou de racisme. Vladimir, en cela, constituait un appât de rêve. Il était de surcroît excellent comédien. Il avait su raconter à Roger la diaspora lugubre de ses ancêtres au point que le graphiste en avait eu les larmes aux yeux. Aveuglément, l'artiste lui avait fait confiance.

À partir de là, Vladimir fit régulièrement appel au talent de Roger pour différentes campagnes promotionnelles ou publicitaires à but plus moins humanitaire, qui justifiaient toujours à ses yeux qu'on lui offre les prix les plus bas, voire la gratuité totale. Roger, toujours aveugle, fonctionna longtemps ainsi. Lorsqu'il donnait son amitié à quelqu'un, c'était sans demi-mesure.

Mais plusieurs fois déjà, Vladimir s'était heurté à un refus. Roger avait même été jusqu'à lui envoyer des rappels de paiement ou des commandements de payer. Quelques fois, et pour des causes encore défendables, Vladimir était parvenu à plier la volonté de l'humaniste qu'était Pfund. Mais pas cette fois. Le graphiste s'entourait de plus en plus de gens avisés, moins créateurs que lui mais meilleurs gestionnaires, et la musique ne jouait plus la même partition. Roger avait commencé à se méfier, ce qui, en amitié, sonne souvent le glas d'une belle histoire.

Quand il avait reçu copie de la plainte que l'Atelier Pfund venait de déposer contre lui, le « Tsar » – ainsi que l'appelaient les camarades de bistrot qu'il parvenait encore à impressionner ! – perdit la face. Si même Roger l'attaquait, il allait avoir des problèmes. Il ne pouvait pas le laisser faire. D'où sa visite à l'atelier, vendredi soir. Par chance, Roger était seul. C'était rare, ces temps-ci. Vladimir avait imploré, sans succès. Roger paraissait inflexible. Quand l'autre était entré dans l'atelier, il n'avait pas insisté, il n'allait tout de même pas s'abaisser devant un inconnu ! Il avait promis de repasser. Ce qu'il avait fait, mais trop tard peut-être puisque Roger n'était plus là.

Bien sûr, il aurait été simple d'expliquer tout cela au policier au lieu de prendre la fuite comme un petit malfrat de bas étage. Mais il avait réagi « animalement ». Peut-être sa conscience trop noire lui avait-elle dit que le mieux était de disparaître ? Ce qu'il fit en écoutant, pour une fois, son instinct de survie. Maintenant, les flics devaient être sur ses traces, c'était certain. Il lui fallait donc se mettre en condition pour savoir très exactement ce qu'il devrait leur répondre pour en dire le moins possible. Les retombées pouvaient être trop graves.

## 17

L'équipe s'était réunie dans le bureau de Simon. Tandis que le commissaire s'affairait, Mallaury, Calame et deux autres collègues s'étaient assis autour de la table de conférence. Martin, lui, était parti à la recherche de « Vladimir le Tsar ». Il était convenu qu'il tenterait d'abord de le suivre. Si réellement la filature ne donnait rien, il fallait l'approcher pour l'interroger. Martin gérait bien ce genre de travail. Il avait avec lui un jeune confrère et donnerait des nouvelles dès que possible.

On ignorait encore où mènerait la piste Vladimir. En attendant, les policiers dressaient la liste de tous les contrôles de routine à effectuer et se répartissaient le travail. Ils mettaient également sur pied l'enquête de voisinage qu'il s'agissait de conduire « sur la pointe des pieds », car rien ne disait si l'affaire prendrait ou non une tournure criminelle.

Mallaury, qui n'y tenait plus, se planta devant le bureau de son chef.

– Patron, qu'est-ce qui ne va pas ?

Simon sursauta.

– Pourquoi me demandes-tu ça ?

– Patron... (Mallaury était gêné, il faisait une telle démarche pour la première fois.) Je ne vous reconnais pas.

Depuis hier, j'ai le sentiment que le dossier ne vous intéresse pas. Pire : il vous contrarie.

– Il ne me contrarie pas. Je pense qu'il est sans objet.

– C'est-à-dire ?

– Qu'on est en train de courir après un fantôme.

– Je ne vous suis pas, patron. Cet homme a disparu et nous devons..

– Il est peut-être parti avec une poule ! Rien ne nous dit qu'il a des problèmes. Je ne vais quand même pas mettre tous les flics de la ville sur une affaire de fesses !

– Mais, Patron, on ne peut pas se contenter de ça ! Rappelez-vous qu'on a trouvé du sang à l'atelier !

– Cela ne signifie pas que c'est grave. Ce sang n'a peut-être rien à voir avec notre dossier ! D'ailleurs, ils foutent quoi au labo ?

Mallaury n'entendait pas se laisser détourner de son idée. Simon en voulait à Pfund pour une raison qui lui échappait. Il continua sur un ton uni qui semblait exaspérer son supérieur.

– Ses employés ont affirmé qu'il était ponctuel.

– OK ! Je sais aussi qu'un mec peut très bien tout laisser tomber pour une partie de jambes en l'air.

– Vous le feriez, vous ? (Mallaury avait parlé avec le sourire, mais il comprit vite qu'il avait été trop loin.) Pardon, je voulais dire...

– Des âneries, oui !

– Patron, arrêtez, je ne pensais pas que vous étiez de si méchante humeur.

Simon s'était levé.

– Tu n'as rien de mieux à faire que de t'occuper de mon humeur ?

– Non, Patron, ne m'attaquez pas. Nous avons beaucoup travaillé ensemble et je...

– Tu ne vas pas me la jouer violon, tout de même ? On a beaucoup de souvenirs en commun, c'est bien, mon petit, t'es un brave garçon... alors fais ton boulot et laisse-moi réfléchir ! (Il se rassit.)

– Patron, je voulais seulement...

– Eh bien, ce n'était pas une bonne idée ! Va bosser avec les autres. Il faut me retrouver ce mec le plus vite possible et que je n'entende plus parler de ce dossier. Moi, les artistes, ils m'emmerdent !

Mallaury avait envie de devenir grossier ; dans les grands moments, il n'y avait plus que ça qui luttait encore contre Simon, car lui ne l'était jamais ! Mais l'air déterminé de son supérieur l'inquiéta : peut-être y avait-il quelque chose de plus grave dans ce dossier qui n'avait pas encore été dit à la base ? Non, ce n'était pas le style de Simon.

L'inspecteur retourna vers ses collègues. Calame, l'air affairé par une liste d'actions à mener, glissa un regard étonné à Mallaury. Il ne comprenait pas non plus l'attitude de Simon. Mais il n'osait rien dire. Le plus proche du chef, c'était Mallaury. Alors, s'il s'était fait remballer, Calame ne tenterait pas sa chance...

Soudain Mallaury se leva et sortit. Simon n'eut pas même le temps de poser une question.

D'un pas décidé, Mallaury arriva au bureau du chef de la police. La secrétaire le fit attendre quelques instants avant de lui ouvrir la porte. Le numéro 1 de la police genevoise était un homme joufflu et rougeaud, mais Pierre Vincent avait toujours cet air heureux de vous revoir après une longue absence.

– Excusez-moi, Monsieur, commença Mallaury, mais il fallait que je vous voie de toute urgence.

– Je vous en prie, Mallaury, je suis seulement un peu surpris de vous voir seul. D'habitude, vous vous tenez si bien dans l'ombre de mon ami Simon…

– C'est justement de lui que je viens vous parler.

Vincent inclina un sourcil avec un moue étrange.

– Simon ? Il y a un problème ?

– C'est à propos de l'affaire Pfund.

– Ah oui ! Quelle drôle d'histoire, on m'a mis au courant hier. Vous en êtes où ?

– Pas très loin. Si ce n'est qu'un homme – que nous recherchons activement – a fui en voyant Martin interroger le restaurateur qui a son établissement en dessous de l'atelier Pfund.

– On sait qui c'est ?

– Oui, mais on n'est pas encore parvenu à mettre la main dessus.

– Vous croyez, vous, que « l'assassin revient toujours sur les lieux de son crime » ?

– Pas vraiment, Monsieur, mais il ne faut jamais rien négliger…

– C'est juste, mais je vous détourne de votre sujet. Que se passe-t-il avec Simon ?

– Je ne saurais le dire exactement, mais depuis que nous avons pris cette affaire en main, il est nerveux et agressif.

– Ce n'est pas la première fois que Simon fait la gueule.

– Non, vous avez raison, c'est même une de ses spécialités. Mais pas à ce point, pas comme ça. Je vous fais part d'une impression, Monsieur, rien de plus concret, mais il y a un malaise.

– Vous en avez parlé avec lui ?

– J'ai essayé, juste avant de venir chez vous. Mais contrairement à l'habitude, je n'ai pu l'amener à la raison.

Il s'est même mis à hurler qu'il n'aimait pas les artistes, bref, quelque chose qui ne lui ressemble pas.

– Et qu'en concluez-vous ?

– Rien. Je ne sais pas. C'est pour cela que je suis venu vous voir. Comme c'est parti, il vaudrait mieux lui retirer l'affaire.

– Vous n'y pensez pas, Mallaury ! Et que dois-je faire ? Vous nommer à sa place, peut-être ?

– Non, Monsieur, vous n'avez pas compris... j'ai... le sentiment qu'il est lié à cette affaire de trop près.

– Lié, vous voulez dire... mêlé ?

– Peut-être... enfin, non, mais... peut-être oui.

– Nom de Dieu, Mallaury, c'est très grave ce que vous me dites !

– Je sais, Monsieur. Mais je vous sais humain et j'ai pensé qu'il valait mieux que je partage mon sentiment avec vous.

– Que proposez-vous ?

– Je ne sais pas encore comment m'y prendre, mais il faut que j'enquête sur le Patron.

– Je souhaite qu'il n'ait rien à se reprocher. Et dans cette hypothèse, je souhaite pour vous qu'il n'apprenne jamais que vous vous êtes méfié de lui. Car alors...

– Je sais. Je le connais. Je vais essayer d'être discret.

– Soyez surtout rapide, Mallaury, c'est mon seul conseil. Pour le reste, vous connaissez votre boulot. Vous avez jusqu'à demain dix-huit heures. Vous n'en ferez rapport qu'à moi et oralement. Clair ?

Mallaury approuva. Vincent le raccompagna à la porte. Il n'y avait plus aucune jovialité dans son attitude. Il priait autant que Mallaury pour que l'impression du policier ne débouche sur rien.

# 18

À l'heure du repas, tous les inspecteurs avaient quitté le bureau de Simon. Le commissaire était seul. Il avait envoyé quelqu'un chercher un sandwich et de l'eau au café d'en bas. Il préférait ne pas avoir à affronter ses subordonnés pendant un moment. Ce qui s'était passé avec Mallaury était ennuyeux. Depuis qu'il avait ouvert ce dossier, Simon n'était plus lui-même. D'une certaine façon, il était tenté d'abandonner l'enquête, ce qui serait plus facile et lui éviterait d'avoir à rendre des comptes. Mais le devoir était le devoir, et il n'avait jamais fait de faux pas jusque-là.

Il déplia le papier et mordit dans le sandwich.

Il n'avait jamais autant pensé à elle. Ce dossier lui rappelait son malheur. La douleur était violente.

Quand ils s'étaient rencontrés, Carmen se savait déjà malade. Mais les médecins ne l'avaient pas encore condamnée. Elle n'avait rien dit à Norbert. Elle espérait même avoir des enfants. Le couple s'était marié après quelques mois, certain de faire le bon choix. Carmen hésita longtemps avant de mettre Norbert au courant de sa maladie. Elle ne voulait ternir aucun moment de bonheur et repoussait sans cesse l'échéance. Malheureusement, l'enfant ne vint pas et Carmen fut assez rapidement victime de fièvres très violentes. Elle dut alors annoncer à Norbert la triste nouvelle : son cancer prenait de l'ampleur et ils devaient faire face à un ennemi puissant. Forts de leur amour, ils croyaient tous deux parvenir à faire reculer le mal. Rien n'y fit. Carmen prenait de plus en plus de médicaments. Le couple passait des vacances dans des lieux de cure où Carmen luttait de son mieux. Il y avait de merveilleux moments de rémission pleins de nouveaux projets. À chaque occasion, Norbert et Carmen s'évadaient à Paris, Londres ou Amsterdam et s'abrutissaient d'art, de musées et de musique. Une façon de gagner du temps sur le destin. Mais jamais ils ne purent s'envoler pour New York. C'était trop loin, les médecins doutaient de la résistance de Carmen. Elle qui rêvait tant de visiter le Musée Guggenheim ! Elle en connaissait les moindres recoins. Au cours de ses études, elle avait lu de nombreux livres sur le sujet. Simon ne parvint jamais à offrir à Carmen ce voyage tant espéré. Ils vivaient les crises avec plus ou moins de patience. Carmen culpabilisait, elle disait que Norbert perdait son temps à ses côtés, qu'elle ne pourrait jamais lui donner d'enfant et qu'il ferait mieux de refaire sa vie au plus tôt. Norbert supportait mal ses états d'âme, et il s'ensuivait des soirées difficiles, faites de larmes et de tendresse. Norbert avait souvent pensé que la maladie avait même intensifié leur amour.

Le dernière crise se déclara au mois de février. Il faisait froid. Carmen parvint à tenir quelques jours à la maison, mais dut finalement se résoudre à descendre à l'hôpital. Au sixième étage du bâtiment universitaire, on la plaça directement seule dans une chambre. Elle perdait toute immunité, il fallait donc l'éloigner des autres malades. Ses visiteurs devaient passer une blouse et surtout porter un masque. Chacun se désinfectait les mains avec une solution d'alcool en entrant dans la pièce, puis en la quittant. Il y eut une rémission. Carmen reprenait des couleurs, s'alimentait presque normalement. C'était le chant du cygne. Norbert avait même repris son travail, tant les médecins étaient optimistes. Et puis, un soir...

Depuis le bout du couloir, il vit le visage de l'infirmière. Il accéléra. Le regard qu'il échangea ce soir-là avec la jeune femme, il ne l'oublierait jamais. L'infirmière disait « cette fois, c'est fini » de façon si intense qu'il n'avait plus aucun espoir en entrant dans la chambre de Carmen.

Le calvaire, pourtant, dura encore cinq jours et cinq nuits. Le corps de la jeune femme ne se défendait plus ; il avait même tendance à s'auto-infecter, se recouvrant de petits points rouges. La langue et la bouche laissaient voir des pustules blanches semblables à des aphtes. On étanchait sa soif avec des petites quantités d'eau que l'on déposait au bord de ses lèvres. Il fallut placer une sonde urinaire lorsque la malade ne fut plus en état de maîtriser ses organes. Norbert était là sans arrêt. Il l'essuyait, la caressait, évitait les plis blessants formés dans la chemise de nuit par une transpiration surabondante. Il surveillait le goutte-à-goutte et pouvait faire aux médecins un rapport précis des chiffres apparus sur l'appareil auquel elle était désormais reliée. Carmen fut tout d'abord aphasique. Elle mélangeait les syllabes. Cela lui conférait un parler gargouillant qui faisait monter les larmes aux yeux de Norbert. Plus tard, elle cessa de parler. Savait-elle encore qu'il était là ? Oui, elle répondait par des pressions sur la main de Norbert. Au-delà des mots, ils étaient toujours ensemble.

La fin survint un soir. La pluie ruisselait contre les vitres de l'hôpital. Il était tard. Seuls les infirmiers de nuit traversaient de temps à autre le couloir. L'après-midi, les médecins avaient débranché tous les appareils. Carmen avait reçu une dose importante de morphine. Il était convenu qu'elle partirait dans le calme et sans souffrance. Elle ne réagissait plus. Norbert était resté à son chevet sans bouger. Il n'était sorti qu'un bref instant pour avaler un café debout devant l'automate installé à l'étage au-dessous. Il n'avait pas faim.

Quand il était revenu dans la chambre, il avait constaté que le chariot sur lequel étaient disposés les produits désinfectants avait disparu. Comme si Carmen allait mieux, comme si elle dormait. Son visage était livide. Dieu qu'elle était belle ! Norbert sut gré aux médecins d'avoir fait en sorte qu'elle meure en beauté.

Elle ouvrit les yeux, regarda devant elle et fit mine de soulever la tête de l'oreiller. Sa bouche esquissa un sourire et sa tête retomba dans le coussin. Elle était morte. Norbert n'avait jamais eu si mal de toute sa vie.

✧

S'il n'avait pas été le mari de Carmen, Simon aurait sans doute eu beaucoup de respect pour Roger Pfund, comme il en avait pour tous les Genevois qui bougeaient, créaient, développaient des activités. Des hommes et des femmes qui croyaient en Genève et faisaient tout pour lui conserver son aura. Pfund était un génie dans son domaine, il fallait être idiot pour ne pas l'avoir compris. Mais Simon ne pouvait pas se l'avouer. Cet homme ne lui inspirait que de la haine. Carmen l'avait aimé et cela suffisait à justifier son ressentiment contre le graphiste. Il aurait très bien pu ne jamais le croiser. Mais l'ironie de la vie en avait décidé autrement.

Et voilà qu'il devait aujourd'hui rechercher cet homme qu'il n'aimait pas et, peut-être, lui sauver la vie. Peut-être était-il trop tard et retrouverait-on bientôt le cadavre du célèbre peintre au fond d'un fossé, truandé pour son argent ou par un mari jaloux ?

Simon ne put s'empêcher de sourire à l'évocation de cette possibilité. « Dieu reconnaît les siens », disait toujours sa sœur Simone. La justice immanente se chargerait-elle ainsi de faire disparaître son pire ennemi ? Le policier rit encore une fois. Et s'il brouillait les pistes afin qu'on ne retrouve jamais Roger Pfund ? Voilà le crime parfait !

# 19

Cette fois, son instinct ne l'avait pas alerté. Quand il ouvrit la porte et vit le visage de l'inspecteur Martin, il le reconnut immédiatement. Bêtement, il essaya de refermer le battant, mais le policier avait déjà glissé son pied dans l'entrebâillement.

– Monsieur Bortonichov ? Inutile, je pense, de vous dire pourquoi je suis là.

Le suspect habitait place d'Armes, dans un ancien immeuble. Il avait été facile de le repérer. Échaudé par son expérience de la veille, Martin avait agi par surprise, sans quoi il n'eût peut-être pas été de taille à lutter avec le « Tsar ». Mais l'homme avait déjà compris que son intérêt n'était pas de fuir éternellement. Il fit signe à l'inspecteur d'entrer. Martin s'installa à la table, sortit son carnet et prépara son stylo. Pendant ce temps, Bortonichov s'arrêta devant son bar et avala d'un coup un petit verre d'alcool. Il rejoignit Martin en s'essuyant la bouche.

– Il me fallait un peu de courage, dit-il en souriant pour s'excuser de son intermède alcoolisé.

– Pourquoi du courage ? Vous avez donc tant de choses à me dire ?

– Non, Monsieur le commissaire, mais je n'ai pas l'habitude de recevoir la police chez moi.

– Inspecteur.

– Pardon ?

– Je ne suis qu'inspecteur.

– C'est déjà bien.

– Écoutez, je me fous de votre avis.

– Voyons, Inspecteur, je reste poli avec vous…

– D'accord, vous voulez jouer au con.

– Je n'aime pas ce mot.

– Moi non plus, mais en agissant de la sorte, vous me rendez désagréable.

Le « Tsar » fit mine de se diriger à nouveau vers le bar. L'attrapant par le bras, Martin lui montra une chaise sur laquelle il le pria de s'asseoir.

– Vous buvez toujours autant le matin ?

– Je ne suis jamais debout si tôt.

– Et si vous l'êtes, vous buvez autant ?

– Ce n'est pas boire, cela. C'est juste un peu de courage. (Bortonichov avait pris une petit accent pour dire cela. Martin s'énervait.)

– Monsieur Bortonichov, ça suffit ! Nous allons tout reprendre à zéro et je vous prierai de ne pas chercher à faire un numéro avec moi, sans quoi je vous emmène directement à Carl-Vogt !

– Mais, Monsieur, je n'ai rien fait !

– Soit. Alors, vous allez commencer par m'expliquer pourquoi vous avez fui, hier matin, en m'apercevant.

– Comment avez-vous trouvé mon adresse ?

– Routine.Vous ne répondez pas à ma question.

– Quelle question ?

– Monsieur Bortonichov, je vous le dis pour la dernière fois : soit vous me répondez ici et normalement, soit je vous embarque et je ne garantis rien quant à la suite du programme. Pourquoi avez-vous fui, hier, en me voyant ?

– Je n'avais pas envie que vous veniez fouiller dans mes affaires.

Disant cela, l'homme avait les yeux rivés sur les franges de son tapis.

– Qu'y a-t-il de si terrible dans vos affaires ?

– Non, rien de terrible. Juste que je suis pas toujours en règle avec le fisc.

– Si ce n'est que cela, vous n'avez pas grand-chose à redouter. Je ne suis pas contrôleur des impôts.

– Vous me rassurez. (L'homme s'exprimait sur un ton précieux, affecté, un ton « de salon » qui avait la particularité de mettre Martin hors de lui.)

– Ce n'est pas pour cela que vous avez fui.

– Si, pour cela, rien que pour cela.

– Vous vous foutez de moi.

– Non ! Il faut me croire.

– Alors pourquoi cette fuite ? Vous deviez être sacrément sur la défensive pour déguerpir ainsi à la vue d'un flic.

– Ça, Inspecteur, c'est viscéral chez moi. Si vous aviez fui comme moi le totalitarisme, vous auriez ce genre de réflexe.

– Tous les exilés ne partent pas en courant lorsqu'ils voient un agent.

– Ils ne fuient peut-être pas, mais ils ont peur, je peux vous l'assurer.

– Passe encore. Mais vous, ça ne serait pas plutôt en raison d'une plainte contre vous que vous auriez fui ?

– Une plainte ? Je ne vois pas.

– Prenez garde, je vous l'ai déjà dit. Vous auriez beaucoup plus de peine pour vous défendre depuis la prison de Champ-Dollon. Alors, je crois qu'il vaut mieux que nous en parlions calmement ici.

Simon aurait été fier, se disait Martin. À ses débuts, le fougueux inspecteur avait une patience très relative qui l'avait conduit plus d'une fois aux limites de ses pouvoirs. Simon était toujours intervenu à temps pour freiner ces élans violents. « Ils essaient tous de nous mener en bateau, c'est notre métier qui veut ça. C'est la règle du jeu. À la limite, on aura moins de respect pour un mec qui avoue tout du premier coup. Reste calme, imperméable à la provocation. C'est ta seule façon de gagner. Dis-toi toujours que le plus mal barré, c'est l'autre. »

L'argument avait porté. Debout, assis, Bortonichov ne savait plus quelle attitude prendre.

– Je ne parlerai qu'en présence de mon avocat.

– Si vous avez déjà un avocat, nous gagnerons du temps, c'est clair. Mais avant de l'appeler, vous allez me dire ce que vous faisiez aux alentours de l'atelier Pfund vendredi toute la soirée et puis ce lundi matin.

– Roger s'est plaint de quelque chose ?

– Ce n'est pas ce que je vous demande.

– Nous étions de vrais amis, Roger et moi, et voilà que maintenant il me fait surveiller, c'est ignoble.

– L'avez-vous vu, ces derniers jours ?

– Oui, j'ai tenté de lui parler presque chaque jour ! Mais il ne veut plus parler avec moi ! Malgré les belles affaires que je lui ai fournies !

– Pour la dernière en date, vous lui devez de l'argent, c'est cela ?

– Mais c'est totalement injuste ! Les commanditaires m'ont laissé tomber. Ils renoncent. Roger devrait comprendre ! Je ne vais quand même pas payer de ma poche un travail que je n'ai pas commandé !

– Vous étiez pourtant le seul interlocuteur de Monsieur Pfund.

– Oui, parce que nous étions des copains ! C'était plus simple pour les autres !

– Qui sont les autres ?

– J'ai déjà dit que je ne peux pas le dire ! Ce sont des gens qui luttent contre le pouvoir en place en Russie.

– Avec quel argent ces gens auraient-ils payé la facture ?

– Mais il y a de l'argent, en Russie, beaucoup d'argent. Des gens très riches sont prêts à tout pour faire sauter le pouvoir en place. Mais ils sont seulement prisonniers du système, ils ont besoin de gens comme moi pour agir à l'extérieur !

– Alors pourquoi ne peuvent-ils pas payer ?

– Je ne sais pas ce qui se passe. J'ai déjà expliqué à Roger que je n'y suis pour rien !

– Pourquoi vous mettre dans cet état, Monsieur Bortonichov, de qui avez-vous peur ?

– Je ne crains personne ! Je trouve seulement injuste que tout le monde s'en prenne à moi.

– Qui, « tout le monde » ? Vous avez d'autres plaintes contre vous ?

– Non ! Mais « tout le monde » n'est pas gentil avec moi.

– Je doute que ce soit une question de gentillesse, Monsieur Bortonichov. Vous n'auriez pas plutôt quelques dossiers comme celui de Pfund sur la conscience ?

– Pas du tout. (L'homme transpirait de plus en plus.) Certes, les affaires ne sont plus comme avant, mais ce n'est pas plus grave.

– De quoi avez-vous peur ?

– De personne.

– Si vous n'avez rien à vous reprocher, vous ne devriez pas vous mettre dans un tel état.

– J'aimerais vous y voir !

– Ne serait-ce pas plutôt d'autres personnes plus... violentes que la justice ? Des gens qui n'ont pas forcément de loi pour régir leurs actes ?

Martin avait dû toucher juste. Le Russe était blanc.

– Monsieur Bortonichov, avez-vous eu des relations avec la mafia russe ?

– Je ne sais même pas ce que c'est. (Il avait prononcé cette phrase comme un automate.)

– Vous devez être la seule personne à Genève à ignorer que la mafia russe s'infiltre lentement en Suisse, dit ironiquement Martin.

– Je ne sais pas de quoi vous parlez.

Martin hésita. Soit il coffrait ce gars, avec peu de chance de lui faire cracher ce qu'il savait, soit il le laissait en liberté, afin de pouvoir le suivre. C'était une grosse responsabilité, mais il en parlerait avec le Patron. Il pourrait justifier cette option. Cet homme avait sans doute beaucoup de choses sur la conscience, mais il semblait ignorer que Pfund avait disparu. S'il n'était qu'indirectement lié à l'affaire, il pouvait en revanche les conduire vers les coupables.

Martin rappela au Russe qu'avec la plainte dirigée contre lui et sa fuite de la veille, il avait tout intérêt à collaborer avec la police. En tout cas, il devait rester en ville. L'homme s'inclina avec un semblant de respect, soulagé de voir partir le policier.

Une fois dans la rue, Martin fit un signe à son jeune collègue, assis sur un banc au milieu de la place. Quelques minutes plus tard, le garçon refermait sa bande dessinée et le rejoignait dans le salon de jeux situé en contrebas et invisible depuis les fenêtres de Vladimir.

– Tu as pu le voir ? demanda Martin.

– Oui. Vous n'êtes pas resté longtemps sur le palier, mais je l'ai vu. Il ne s'est pas méfié ?

– Je ne crois pas. Il se réveillait. Et avec ta dégaine, on ne penserait jamais que tu es de la maison.

– Vous croyez que j'en fais trop ?

– Non, Manuel, tu es parfait. Personne ne se méfierait d'un rappeur en balade. Tu vas pouvoir planquer et le filer à l'aise. Je te rappelle : pas d'interception, seulement une filature complète, avec un rapport précis sur ses faits et gestes. S'il devait y avoir du grabuge, tu nous appelles. Tu n'interviens seul sous aucun prétexte. Clair ?

– Yes, boss. Compris. Je serai relevé ?

– Oui. À ton prochain contact, on te dira qui te remplace.

– J'y vais.

# 20

Pierre Vincent n'aimait pas ce qui se passait. Quand Mallaury était venu le voir pour lui parler des réticences de Simon, il avait pris la chose à la légère. Il ne pouvait s'agir que d'une mauvaise humeur passagère.

Mais les heures passant, il avait tourné et retourné le problème dans son esprit. Un dérapage dans une telle affaire était hors de question.

D'une minute à l'autre, Mallaury serait là pour rendre compte de son enquête. Vincent l'avait convoqué avant les autres, pour qu'ils aient le temps d'une discussion seul à seul.

Le policier poussa la porte de son supérieur à l'heure dite. Ils échangèrent un bref salut.

– Je n'aime pas ce que je viens de faire, Monsieur.

– Je m'en doute, répondit Vincent, je connais votre attachement à Simon. Venons-en au fait : qu'avez-vous trouvé ?

Mallaury s'était refusé à effectuer des recherches sur le commissaire. D'instinct, il avait perçu qu'il s'agissait d'un problème privé. Il avait alors visé la seule cible susceptible de tout savoir sur Norbert Simon : sa sœur Simone, son alter ego, sa confidente. Bien sûr, en agissant ainsi, il prenait un risque. Si Simon l'apprenait, si la sœur parlait, tout pouvait avorter. Mais Mallaury avait au fond de lui la certitude d'avoir pris le bon chemin. La vie d'un policier est aussi faite de ce type de pressentiment.

Simone avait accepté de le recevoir sans en aviser Norbert. Elle demeurait dans une ancienne maison située rue Constantin, dans le quartier cossu des Tranchées. Ancienne comédienne, la grande sœur de Norbert Simon avait été un personnage important sur les scènes genevoises. Mais elle n'eut jamais le talent que ses parents lui souhaitaient en l'appelant Simone Simon, véritable nom d'artiste. Comme elle ne se maria pas non plus, unique alternative au succès que lui concédaient par avance ses parents, elle se contenta de porter toute sa vie ce nom qui faisait sourire. Elle sut même en faire un atout. Elle possédait en effet un caractère trempé, jovial et son intelligence – largement au-dessus de la moyenne – lui avait attiré l'estime du monde culturel qui, aujourd'hui encore, la gardait dans son giron. C'était une femme pleine, magnifique et chaleureuse. Mallaury s'en souvenait mal. Aussi eut-il un choc lorsqu'elle ouvrit l'immense porte en bois et qu'elle le fit entrer dans son salon. Littéralement sous le charme, il bégaya pour accepter une tasse de café et prit place dans le canapé en se demandant comment ce vieux grognon de Norbert pouvait avoir une sœur si enjouée.

Avec Mone – c'était le surnom que Simon avait toujours donné à sa sœur – on ne pouvait pas tricher. Elle appelait les confidences comme d'autres les compliments ou l'antipathie. Ainsi Mallaury alla-t-il droit au but. Il résuma les faits : leur nouveau dossier (il savait que Mone était toujours discrète) et l'attitude étrange de Simon.

– Elle a immédiatement réagi. Pour elle, tout allait de soi, expliquait Mallaury à Vincent. Comme son petit frère avait souffert ! Cette femme, SA femme, qu'il avait tant aimée, qu'il n'avait jamais pu oublier, avait été la maîtresse de Roger Pfund. « J'ai tout essayé pour le ramener à la raison, avait ajouté Simone. Tout le monde savait que Pfund faisait volontiers le joli cœur auprès de ces dames. En plus, ils s'étaient connus à un âge où l'amour est rarement définitif. Ça n'avait pas d'importance. Je suis certaine que Pfund l'avait vite oubliée, et Carmen – ça je le sais, parce qu'elle me l'a dit – ne gardait de lui qu'un souvenir des folies que l'on peut faire entre dix-huit et vingt ans. Rien de plus. Elle aimait mon frère, de tout son cœur. Dieu sait pourtant à quel point ils étaient différents. Mais ce fut une véritable passion. Norbert ne méritait vraiment pas un tel chagrin. Depuis, il a tout rejeté. Il n'est pas vilain garçon – oui, je sais, vous êtes mal placé pour en juger, avait-elle dit en riant – mais je peux vous dire, en tant que femme, qu'il est plaisant. S'il voulait bien se donner la peine d'être moins bourru, ce serait un homme délicieux. »

Les explications de Simone, loin d'inspirer de la moquerie à Mallaury, lui faisaient mal au cœur. Il avait foi en son patron. Comment avait-il pu lui prêter des sentiments mauvais, voire malhonnêtes ? Il s'agissait simplement d'une histoire d'amour ! Pendant toutes les années qu'ils venaient de passer ensemble, Simon n'avait pas une fois évoqué la disparue. À tel point que Calame et lui – eux seuls en avaient parlé – se demandaient si leur chef s'intéressait à autre chose qu'à son travail.

Pierre Vincent était abasourdi.

– Je crois que nous avons bien fait, reprit-il après un silence. Nous n'aurions pas pu continuer à travailler dans de telles conditions. Nous devions savoir. Car tout le dossier peut être influencé par ces faits. Maintenant, devons-nous le lui dire ?

– À mon avis, il ne tardera pas à avoir des échos de ma visite chez sa sœur. Elle ne lui cache jamais rien.

– Alors, préparez-vous à la tempête, car je l'ai convoqué pour que nous étudions le dossier ensemble. Calame doit venir. Et comme le juge Saint-Ours est dans la maison, je l'ai convié à nous rejoindre.

– On va donc crever l'abcès devant tout le monde ?

– J'ignore comment je vais faire, mais avec Simon, il vaut mieux être direct.

L'interphone du secrétariat annonça en même temps l'arrivée de Simon et celle de Saint-Ours. Le juge d'instruction, en pénétrant dans la pièce, fit comprendre à Vincent par une grimace qu'il devait se préparer au pire avec le commissaire. Ce dernier, en effet, explosa.

– Bravo ! Bravo, Mallaury, et merci, Monsieur ! On enquête derrière mon dos ! Ma sœur vient de tout me dire. J'ai d'ailleurs hésité à venir, car je ne sais pas si c'est encore moi qui dirige ma brigade !

– Simon, calmez-vous.

Vincent le disait pour la troisième fois lorsque le commissaire parut enfin l'entendre.

– Me calmer ? Alors qu'on fouille dans ma vie sans mon autorisation ?

– Il n'est pas question de cela, vous le savez très bien.

– Non, je ne le sais pas. Et Dieu sait combien d'autres choses j'ignore encore. Peut-être même avez-vous retrouvé Pfund alors que moi je le cherche toujours !

– Simon, vous êtes ridicule.

– C'est ma vie, vous n'aviez pas à y mettre le nez !

– Simon ! À ma place vous auriez fait la même chose et vous le savez. Si vous aviez dès le départ expliqué à vos hommes la raison de votre retenue dans ce dossier, nous ne nous serions peut-être pas posé de questions, Mallaury et moi. Il fallait que nous sachions. Ne vous cachez pas derrière une prétendue sphère privée qui n'a rien à voir là-dedans. (Simon s'était relevé et allait reprendre la parole. Vincent ne le laissa pas faire.) Et taisez-vous ! C'est l'intérêt de l'affaire qui prime. À présent, nous savons quel lien vous avez eu, par le passé, avec Roger Pfund. Nous comprenons votre attitude. C'est uniquement de cela que nous avions besoin. À vous de digérer le reste comme vous le pourrez. Alors, même si vous ne me croyez pas, je vous plains, et même si ça ne vous plaît pas que je vous plaigne, je compatis. Je savais que vous aviez été veuf très jeune et que vous ne vouliez pas en parler. J'ai toujours respecté cela. Mais là, nous ne pouvions faire autrement. C'est par amitié pour vous que nous avons agi.

Simon n'avait jamais entendu Vincent parler si longtemps. Le chef de la police venait de se rasseoir et s'épongeait le front. Il avait produit un effort tout à fait inhabituel.

Simon avait les larmes aux yeux. Mallaury était mal à l'aise et remuait sur sa chaise. Calame, les yeux écarquillés, tentait de digérer tout ce qu'il venait d'entendre. Seul Saint-Ours ne bougeait pas. C'est vers lui que Vincent se tourna en premier.

– Navré de t'infliger notre lavage de linge sale, mais je t'assure que je m'en serais bien passé.

– Tu aurais dû m'en parler.

– Tu savais ?

– Il savait depuis toujours, reprit Simon d'une voix terne, il a connu Carmen. Il est l'une des rares personnes avec qui j'ai accepté d'en parler par la suite. Jacques, je regrette ce qui vient de se passer.

Le juge posa une main sur le bras du policier en signe d'amitié.

– Ne t'en fais pas, Norbert. Je comprends très bien ta colère. Mais tu dois admettre qu'il valait mieux que tout le monde sache. Être veuf n'est pas une maladie honteuse. Tu as tout fait pour Carmen. Elle t'aimait beaucoup. (Des larmes roulaient maintenant sur les joues du commissaire.) Tu aurais dû beaucoup plus pleurer à l'époque. Tu aurais dû évacuer le chagrin. Peut-être serais-tu parvenu à oublier, voire à reconstruire ta vie. La solitude ne te rendra jamais Carmen. Je n'aurais jamais osé te dire cela autrement, mais puisque nous en sommes là…

Un silence très lourd s'installa autour de la table. Vincent attendit longtemps avant de demander d'une voix douce, comme à un enfant malade :

– Norbert, est-ce que vous voulez que je vous retire l'affaire ?

– Non. (Le commissaire soupira très fort.) Je… Il était préférable que vous sachiez la vérité. À moi maintenant de mettre mes rancunes dans ma poche. J'espère y arriver. Nous avons déjà perdu du temps. Pfund n'a toujours pas réapparu. Je me demande si nous n'allons pas vers une affaire de meurtre. Me permettez-vous alors de continuer ? Je suis désolé, Monsieur, pour ce qui vient de se passer.

Vincent eut un geste de la main qui balayait le problème. Les cinq hommes rapprochèrent leur chaise de la table, signe qu'ils se remettaient à l'ouvrage.

Calame résuma la folle poursuite de Martin sur les traces d'un certain « Tsar » dont ils ne savaient pas encore grand-chose. Martin allait l'interroger le matin même. Peut-être reviendrait-il avec le suspect ?

À part ça ?

– Rien ou presque, fut contraint de concéder Simon. L'homme n'a visiblement pas pu disparaître comme ça. Malgré mes mauvaises intuitions, je suis obligé de reconnaître que tout fait penser à un crime. Mais si on l'a tué, pourquoi ? Et où a-t-on mis le corps ? Nous n'avons aucun cadavre. Si c'est un enlèvement, c'est pire, car on n'a aucun indice. Tous ceux qui ont quitté Pfund vendredi ont affirmé qu'il n'avait pas l'air inquiet. Le restaurateur installé en dessous de l'atelier l'a vu partir vers 23h30. Il avait l'air calme, le gérant n'a rien relevé de spécial. Depuis, on a perdu sa trace.

– On n'enlève pas un type comme ça pour une rançon, ajouta Calame. Les employés sont catégoriques : Pfund dépense tout ce qu'il gagne, il n'y a aucun magot à prendre. Plutôt des dettes à combler. Et sa famille n'est pas riche.

– Côté vie privée, relança Mallaury qui n'osait croiser le regard de Simon, rien de spécial à signaler. Des amies de temps en temps, mais des femmes libres, la plupart du temps, rien de moche à ce niveau.

Simon marqua un temps – il fallait qu'il s'habitue à oublier ses ressentiments personnels –, puis enchaîna en s'adressant à Saint-Ours.

– Il y a une filière à envisager. Mais c'est loin d'être la plus facile. Tu me suis ?

– Les billets de banque, répondit Saint-Ours en hochant la tête. Tu verrais ça comment ?

Calame venait de comprendre et reprit à la place de Simon.

– Enlevé par des faux-monnayeurs !

– Nom de dieu ! s'exclama Vincent dont ce n'était pas le genre.

– Ça paraît le plus évident, acquiesça Saint-Ours.

– Alors là, on est dans la merde, résuma Mallaury à son tour.

– Vous ne croyez pas si bien dire.

On frappa alors à la porte. Simon alla ouvrir : un agent du SIJ lui tendit une feuille de papier, salua l'assemblée d'un geste large, puis tourna les talons.

En revenant vers la table, Simon commenta ce qu'il lisait.

– Le sang retrouvé sur l'objet métallique est d'un groupe très courant. D'après les renseignements obtenus auprès de son médecin traitant, Roger Pfund n'appartient pas à ce groupe sanguin ! Ce n'est pas lui qui a été blessé, mais peut-être son ravisseur. Voilà enfin de quoi confondre un éventuel suspect !

# 21

Fernand Pralong dirigeait la brigade financière depuis sept ans. Un énorme travail dont il s'acquittait toujours avec la même passion. Par chance, il était à son bureau quand Vincent lui téléphona. Le chef de la police résuma son problème en trois mots, et Pralong promit d'être là le plus vite possible. Il réunissait quelques documents et arrivait à pied depuis ses bureaux logés provisoirement boulevard Saint-Georges ; la construction d'un nouvel Hôtel de Police devait libérer à Carl-Vogt des locaux pour la Financière, lui permettant de rejoindre enfin la Sûreté. Ce serait l'affaire de quelques années.

Simon n'avait eu que rarement l'occasion de travailler avec Pralong. Le Valaisan était plutôt beau garçon. Grand blond aux yeux verts, il était bronzé à longueur d'année, puisqu'il passait tout son temps libre dans les montagnes de son enfance, entre Martigny et Morgins. Il s'échappait dès que possible. La passion du sport lui avait donné une forme remarquable, et il ne faisait pas son âge ; il était contemporain de Simon qui, lui, n'avait pas un goût prononcé pour l'effort. Néanmoins, les deux hommes se ressemblaient dans leur vision du métier. Et ils se respectaient pour cela.

Vincent accueillit le chef de la Financière et expliqua leurs besoins.

– Il est évident qu'un homme qui vient de dessiner un nouveau billet de banque est une proie de choix pour les faussaires. Nous devons savoir dans quelle mesure Pfund peut avoir été enlevé pour cela, et si oui, où il nous faut chercher.

– Je ne sais par où commencer, répondit Pralong. D'abord parce que le nouveau billet français n'a pas encore été véritablement falsifié. On vient de découvrir des faux dans la région lyonnaise (il glissa un document à Vincent), mais ce rapport vous montrera qu'il s'agissait de guignols, si vous me passez l'expression. Des grossières copies que même un enfant décèlerait à l'œil nu. Je crois que vous en avez une reproduction sur le papier. Et puis la valeur du billet ne me paraît pas suffisante : il faudrait écouler énormément de ces « Saint-Exupéry » pour que le gain soit substantiel. Cela prendrait du temps, et plus l'opération dure, plus les risques de se faire remarquer sont grands. Après, quand le faux billet est « grillé », tout est à recommencer. Non, je ne choisirais pas un billet comme celui-ci pour faire un coup. Je prendrais plutôt celui de 100 dollars, le plus facile à copier. Ou alors de l'argent suisse, même si là, la difficulté est déjà plus grande.

– De plus, interrompit Simon, je crois que le « Saint-Ex » français est réputé protégé.

– Exact. Mais surtout, la fabrication d'un billet est une vraie course d'obstacles. Toutes les matières premières sont surveillées. Je vais résumer. Prenez, par exemple, le papier. Il n'est évidemment pas en vente dans les grandes surfaces. Le français est fabriqué à Vic-le-Comte, en Auvergne. Là, on utilise un procédé très particulier pour la préparation de la pâte à papier. En Suisse, le papier est produit dans les Grisons par *Papier Fabriken Landquart.* C'est le seul fabricant helvétique. La recette permet d'obtenir un papier sans éclaircisseur optique. Dans de telles usines, vous imaginez bien que le coton qui entre est compté tout comme le papier qui sort.

» Deuxième problème : les machines. Seules trois entreprises au monde sont capables de fournir les « monstres » nécessaires pour imprimer les billets de banque : des rotatives de plus de trente mètres de long. À Lausanne, une entreprise en fabrique moins de vingt par an ; certains éléments viennent d'Allemagne et d'Autriche. Inutile d'ajouter qu'on ne peut pas voler de tels engins. En tout cas, pas sans que personne ne s'en aperçoive !

» Les normes de sécurité sont tout aussi sévères pour toutes les autres matières premières entrant dans la composition des billets : l'encre, par exemple, est presque l'apanage d'un seul fabricant. *Sicpa S.A.* est leader dans son domaine. L'encre est, elle aussi, pesée, recensée, impossible qu'un lot disparaisse comme ça. Idem pour le kinégramme, fabriqué en Suisse par *Landys et Gyr,* cette pellicule spéciale aux reflets argentés qui se trouve au centre du billet. Le brevet est déposé. C'est une nouvelle technologie basée sur la diffraction optique, dont je vous passe les détails.

– Bref, interrompit Vincent, impossible de se procurer les produits nécessaires.

– Impossible.

– Pourtant, les faussaires existent, et quantité de faux billets sont en circulation.

– Mais ce sont des photocopies, intervint Mallaury à son tour.

– Voilà, on en arrive à ce que je voulais vous démontrer. Les technologies ont tellement évolué, notamment l'informatique, que copier un billet devient aujourd'hui un jeu d'enfant pour qui est bien équipé. Photoshop ou Illustrator, bien conduits sur Macintosh, vous donnent des tickets presque parfaits. Les imprimantes couleur ont fait de tels progrès que les faussaires n'ont plus à se compliquer la tâche avec des rotatives volées et cachées dans des caves. On peut faire de la fausse monnaie dans quelques mètres carrés. Le seul problème reste la qualité de la reproduction.

– On en est où, à ce niveau ? s'enquit Vincent.

– Certaines coupures, très récemment en France, étaient quasiment indécelables à l'œil nu. Seuls les spécialistes les repéraient. Le gros problème vient de ce que le public n'est pas suffisamment sensibilisé à toutes les ruses que contient un billet. Ce sont d'ailleurs tous les « verrous » du « Saint-Ex » qui font dire de lui qu'il est infalsifiable, comme toute la série qui suivra.

– En quoi les faussaires auraient-ils besoin d'un Pfund à leurs ordres ? demanda encore le chef de la police.

– Je pense qu'il est le seul capable de recréer un faux « Saint-Ex » de bonne qualité. Il doit connaître toutes les ruses. Son habileté sur l'ordinateur n'est plus à démontrer. En outre, il ne faut pas oublier qu'il est passé maître dans l'art du billet fiduciaire depuis plus de vingt ans.

– Et comme par hasard, c'est justement sur ce sujet que le Musée de Carouge a centré l'exposition consacrée à Pfund depuis quelques jours, poursuivit Mallaury. J'ai découpé ceci dans le dossier de presse : il s'agit d'un article paru dans *Le Carougeois. Ce n'est qu'aujourd'hui*, explique le rédacteur, *alors qu'il travaille déjà à une future série de billets, que l'artiste a été autorisé à dévoiler tout son travail d'élaboration pour la première série de billets de réserve créés par la Banque Nationale suisse.*

– Oui, dit Simon, il avait gagné le concours lancé en 1971. Depuis, il a fait d'autres billets.

– Oui, confirma Pralong, et il rêve de dessiner la monnaie sans frontière, la monnaie européenne.

– En admettant que Pfund ait été enlevé par des faussaires, où peut-il être ?

– N'importe où, je le crains, répondit Pralong, on a démantelé des gangs à Marseille, on a découvert des imprimeries clandestines à Grenoble, à Montélimar, en Seine-Saint-Denis, mais ces gens sont très mobiles. Ils sont généralement reliés aux mafias locales qui, seules, ont la possibilité d'écouler les billets à une très large échelle. Parce qu'il faut faire vite, comme je l'expliquais tout à l'heure.

– Bref, il peut être n'importe où ?

– Exactement.

– Que pouvons-nous faire ?

– J'imagine que vous avez déjà alerté Interpol. Il faut peut-être agir à présent auprès de l'Office central pour la répression du faux-monnayage, l'O.C.R.F.M., qui dépend directement du Ministère de l'Intérieur. Ce sont les gens les mieux placés pour savoir où l'on peut trouver des filières, les gars peuvent avoir des indicateurs mieux infiltrés que les nôtres surtout si cela se passe en France.

– Le problème, releva Vincent, c'est que nous n'avons pas le moindre indice qu'il ait été emmené en France, pas plus qu'en Italie, par exemple, puisque vous parlez de mafias.

– Oui, l'Italie n'est pas une mauvaise idée. Notez qu'actuellement c'est plutôt dans la falsification informatique qu'ils développeraient leurs activités. Essentiellement dans le nord, autour de Milan ou de Turin.

– Que dit le SRPJ de Lyon dans ce domaine ? Je sais que vous avez eu des contacts récents avec eux.

– On n'a pas relevé de traces de bandes organisées dans la région. Les quelques faux « Saint-Ex » saisis la semaine dernière étaient si grossiers qu'ils ont fait rire les spécialistes. Non, le plus proche qu'on ait connu, c'est Grenoble. Je peux toujours appeler mes collègues du coin et leur demander de secouer quelques cocotiers...

– Bien, on alerte donc tout le monde. Pralong, vous agissez dans votre domaine. J'en réfère personnellement à l'Office fédéral de la police et au Procureur de la Confédération.

Vincent se tourna vers le commissaire.

– Sur Genève et la frontière, on a fait ce qu'on pouvait. Vous retournez à l'atelier. Regardez si Pfund ne travaillait pas dans un des domaines dont nous venons de parler. Et reposez des questions partout. Quelqu'un a dû voir quelque chose. Je ne crois pas trop à la version « mafia », car l'enlèvement aurait été plus spectaculaire, mais je ne veux rien négliger. À propos de routine, Simon, il va falloir lancer un avis de disparition public.

– Ça va être la ruée...

– Oui, mais les jours filent. Nous devons en passer par là. Vous le savez comme moi. Alors, déléguez si vous ne voulez pas affronter la meute. Mais il faut le faire à présent.

– C'est vous le chef, dit Simon.

Puis il se tourna vers Calame, qui sursauta.

– Chef, je vous rappelle qu'on a un service de presse qui sert justement à ça !

– Bonne idée, Calame, alors rencardez-les suffisamment pour que les journalistes nous laissent tranquilles !

# 22

Martin entra dans la pièce quand toute le monde se levait. Pralong demanda par un geste à Simon de l'excuser et disparut. Vincent resta avec les autres.

– Chef, on a les résultats du labo !

Cette simple phrase assurait à Martin l'attention de tout le monde. Il passa un document à Simon qui le découvrit en même temps qu'il le lisait pour les autres.

– Alors... les empreintes sur l'objet ne correspondent à aucune de celles que l'on a prélevées auprès des employés. J'en étais certain. Il semble que ce soit celles de Pfund, lui-même, d'après les traces relevées chez lui au début de l'enquête. Quant à celles trouvées dans sa voiture : du côté passager, il y en a bien sûr de multiples. Il est évident qu'il n'était pas toujours seul. En revanche, sur le volant, on retrouve les empreintes de Pfund et d'autres, très visibles, d'après les hommes du SIJ. Est-ce que ça veut dire qu'elles sont plus récentes ?

Simon avait relevé la tête pour prendre l'avis de ses collègues. Ils prirent tous une mine hésitante. Le commissaire continua.

– Il n'y a aucune trace de sang dans le véhicule. Si Roger Pfund a voyagé ce vendredi dans sa voiture, il n'était pas blessé… ni lui, ni un autre… (Soudain, il s'emporta.) Mais enfin ! Tout est illogique ! Si Pfund est parti au volant, la voiture n'est pas revenue seule !

– Et si le ravisseur s'en est servi pour enlever Pfund, il n'y avait aucune raison pour qu'il la remette ici, au risque d'être vu par tout le monde !

Vincent avait enchaîné tout naturellement, comme s'il faisait partie de l'équipe.

– À moins que le conducteur ne se serve habituellement de cette voiture et que personne ne s'étonne de le voir dedans, reprit Calame.

– Le ou la…, précisa Mallaury.

– Oui, dit Simon, dans l'absolu, on peut penser que le coup peut être l'œuvre d'une femme. Mais je vois mal une femme enlever seule un homme.

– Avec un flingue, on peut tout faire, contra Mallaury.

– OK. Le ou la. Si tu veux. Quoique les empreintes sur le volant semblent plutôt appartenir à un homme. (Il y eut un long silence. Tous attendaient que Simon mette de l'ordre dans ses réflexions.) Bien, Messieurs, nous devons partir de l'idée que Pfund et son agresseur sont passés par derrière, que le ravisseur s'est mis au volant et qu'une fois Pfund déposé Dieu sait où, l'autre est revenu ranger la voiture à sa place. C'est parfaitement illogique, mais nous n'avons rien d'autre. Ah ! Calame, pour la conférence de presse, vous oubliez l'objet ensanglanté et les empreintes dans la voiture, bien évidemment ! Bonne chance, Messieurs.

Il avait dit cela avec un geste de congé. Ils sortirent tous du bureau. Vincent s'arrêta devant Simon et lui tendit la main.

– Quelque chose me dit, Simon, que vous gagnerez.

– Merci, Monsieur. Vous devinez ce qu'il m'en coûterait, sinon.

– Je sais. Courage !

Le chef de la police avait amicalement posé la main sur l'épaule du commissaire avant de prendre congé.

# 23

Par courtoisie, l'officier de presse avait téléphoné à *La Gazette* pour annoncer « du gros gibier » à la conférence de cinq heures. En l'absence d'Alix Beauchamps, c'est Liliane Claude qui était préposée aux faits divers. Elle travaillait depuis quelques mois déjà sous la conduite d'Alix, qui était enfin parvenue à prendre quelques jours de vacances.

La journaliste quitta la rédaction avant l'heure pour être certaine de ne rien manquer. Averti, le responsable d'édition avait mis en attente deux sujets de moindre importance pour le cas où il faudrait libérer de la place. Le rédacteur-en-chef qui travaillait sur la Une avait été prévenu. Mais comme l'officier de presse n'en avait pas dit plus, on ne pouvait préparer du matériel supplémentaire.

Liliane arriva à l'heure dans la salle de Carl-Vogt. Quand elle vit que ses collègues de la radio et de la TV avaient aussi été convoqués, elle s'inquiéta. Elle préférait que les gros faits divers surviennent quand Alix était là. Elle ne pensait pas avoir une expérience suffisante.

L'officier de presse savoura son effet en pénétrant dans la salle. Quelques coups de fil avaient assuré sa prestation en vedette pour la fin de la journée. Quand Calame lui avait demandé de tout assumer, il avait décidé de le faire avec application, bien qu'il possédât peu d'éléments du dossier.

À la demande de plusieurs journalistes, il commença par le tout-venant, cambriolages et arrestations, accidents du jour, avant d'en venir enfin au plat de résistance.

– J'aimerais maintenant vous distribuer le portrait d'une personne disparue pour diffusion classique, commença l'officier, ménageant son effet.

Au fur et à mesure que les portraits de Roger Pfund s'alignaient sur la table, le brouhaha montait. Les vieux routiers de la locale eurent tôt fait de reconnaître le célèbre graphiste, d'autant que plusieurs d'entre eux avaient assisté récemment au vernissage de l'exposition de Carouge. Les questions fusaient bien sûr sans ordre, il n'y avait pas de raison pour que les journalistes deviennent soudain disciplinés !

L'officier s'exécuta comme il pouvait, dictant les signes distinctifs du disparu tels qu'on les lui avait donnés. La photo de Pfund attira beaucoup de commentaires.

– Avec la tête qu'il fait, on voit qu'il est mal barré ! plaisanta un photographe.

– C'est vrai qu'on aurait pu trouver une autre photo ! souligna un chroniqueur du *Léman*. De toute façon, on a assez de clichés de lui dans nos archives, ça ne posera pas de problèmes. En revanche, on n'a pas grand-chose côté texte !

– Je vous ai dit ce que je savais. Monsieur Pfund a été vu pour la dernière fois vendredi soir tard devant son atelier. On croit qu'il était vêtu d'une grande vareuse noire et qu'il portait un foulard blanc autour du cou. Pour le reste, vous le connaissez, je n'ai aucun détail de plus sur lui. Je vous remercie.

C'est typiquement le genre de fait divers qui clouait les journalistes à leur table de travail pour un bon moment. Il allait falloir faire preuve de fantaisie pour donner vie à l'événement. De surcroît, d'après l'officier de presse, la police ne disposait d'aucune piste précise. Pour son baptême du feu, Liliane aurait préféré quelque chose de plus simple.

Heureusement, toute la rédaction se mit au travail. Les archivistes furent d'une aide précieuse. Le lendemain matin, dans les colonnes de *La Gazette* on pouvait lire :

*ROGER PFUND A DISPARU*
*Sa griffe est partout*

*Le monde artistique genevois a appris avec stupeur la disparition de Roger Pfund. Le célèbre graphiste a en effet marqué, dès le début des années septante, le paysage culturel genevois. Pour dessiner au mieux le portrait de cet esthète hors du commun, nous republions ci-dessous un article paru dans nos pages à l'occasion du vernissage de l'exposition qui lui est consacrée jusqu'au 15 janvier au Musée de Carouge.*

*« Né à Berne en 1943, de mère française et de père bernois, Roger Pfund est arrivé à Genève au tout début des années septante. Depuis lors, on dénombre quelque 2000 réalisations à son actif, et non des moindres.*

*» Le graphiste a traduit sa vision du monde dans la muséographie (le Musée de la Croix-Rouge en est la perle), au travers d'expos thématiques ou d'affiches comme les illustres placards* Teo Jakob *sur lesquels les lettres devenaient des meubles, celles du* New Morning *où les lettres se changeaient en instruments de musique, et surtout les affiches du* Théâtre de Poche, *faites de fragmentations de matières, de collages, de montages, de bandelettes de papier superposées, de pièces emboîtées, etc.*

*Pfund, c'est le roi du graffiti, du gribouillis. L'opposé du message vite écrit, vite lu. L'homme est passé maître dans l'utilisation de lettres très variées comme dans les mélanges de couleurs. Une affiche de Pfund dérange ou passionne, elle ne laisse pas indifférent. Il y a désormais une "patte Pfund" dans le paysage genevois.*

*» Dans la mouvance design, l'artiste a incontestablement innové. Ne fut-il pas à l'origine de l'expo "Les pionniers du meuble" en 1983 ? À cette occasion, on vit défiler des fous, déguisés en commode ou en armoire. Ce fut l'occasion du premier bal "meublé" de l'histoire ! Le milieu de la décoration s'en souvient avec encore un grand sourire sur les lèvres. Cet avant-gardisme est peut-être dû à l'influence que subit Roger Pfund, peintre et musicien de jazz dans la Berne des années 60. Une capitale alors terriblement vivante dans le domaine des arts plastiques. Les copains de bistrot de Pfund, à cette époque, c'étaient Jean Tinguely, Niky de Saint-Phalle, Bernhard Luginbühl, Markus Raetz, Claude Sandoz, Rolf Iseli ou encore Meret Oppenheim. C'était une époque particulière, branchée "art, peinture, sculpture", dont sont issus des innovateurs de génie. Quand on a baigné, comme Pfund, dans cette créativité-là pendant des années, on ne peut plus être un artiste banal.*

*» Ami de Nicolas Bouvier, Roger Pfund partage avec l'explorateur-écrivain la passion de la liberté, le goût de la communication, le désir d'effacer les barrières. Peut-être aussi le dicton chinois que Pfund a fait sien : "Entre dans la forme, sors de la forme et trouve ta liberté".*

*» La forme, justement, Pfund semble la maîtriser aussi bien que l'image. L'immense et magnifique enseigne du théâtre* Am-Stram-Gram, *installée depuis un an sur le toit de cet espace culturel pour enfants en est un exemple. Pfund ose, délibérément, il provoque un peu, il surprend toujours.*

*« L'Atelier Pfund, sis dans l'ancienne usine Laurens de Carouge, fourmille de talents multiples.*

*» Pour le 700e anniversaire de la Confédération, l'artiste a étonné une fois encore : du logo aux événements, maître Pfund tenait la baguette du magicien. Mais enfin et surtout, on connaît Roger Pfund pour sa technique étonnante dans la confection de billets de banque.*

*» En 1971 déjà, il remportait le concours organisé par la Banque Nationale. Cette récompense servit de détonateur à une carrière d'envergure. C'est tout cela – et entre autres cela – que raconte l'exposition du Musée de Carouge. »*

*La police genevoise annonçait hier la disparition du graphiste, qui remonte en fait à vendredi dernier. Jusqu'ici, les contrôles de routine n'ont rien donné. Il semble n'y avoir aucun indice d'affaire criminelle. Relevons ici que des dizaines de personnes disparaissent chaque année « de leur plein gré » et que la police en retrouve la plus grande partie. Les gendarmes qui retrouvent une personne consciente et ayant souhaité disparaître, n'ont pas le droit de communiquer – sauf pour des motifs juridiques – l'endroit où elle se trouve.*

*Nous avons mené l'enquête à Carouge, où tout le monde s'étonne du silence du célèbre dessinateur. (Voir l'encadré ci-contre.)*

L.C.

# 24

Louise s'était attablée devant son petit café du matin. Elle lisait régulièrement *La Gazette* à dix heures avant d'aller promener Kiki.

Les journalistes revenaient largement sur les retombées de la votation du week-end qui avait vu l'adoption de la TVA. Heureusement qu'elle ne travaillait plus, car ce devait être une véritable révolution pour tous les employés de bureau concernés par les finances.

En page deux, un commentateur sportif rappelait que la Suisse n'avait pas participé à la phase finale de la Coupe du Monde de foot depuis vingt-huit ans. En ce sens, la qualification acquise à Zurich la semaine précédente laissait de grands espoirs aux footballeurs helvétiques.

Louise était une lectrice attentive comme *La Gazette* en comptait beaucoup. À plusieurs reprises, Louise et Henri s'étaient élevés contre tel ou tel commentaire du journal et n'avaient pas hésité à le faire savoir par le biais du courrier des lecteurs. Mais depuis qu'Henri n'était plus là, elle osait moins mettre ses opinions en avant. Elle avait quand même gardé un œil critique sur son journal favori.

Elle lisait toujours le cahier « Genève » en dernier, épluchait tant les avis de décès que ceux de naissance, même si, avec le temps, elle connaissait plus de monde dans la première catégorie...

Le fait du jour était carougeois. Roger Pfund avait disparu ! Elle n'avait pas tellement compris son style, par trop moderne à son goût, mais elle avait déjà visité l'exposition du Musée avec un immense intérêt. Ce Monsieur savait dessiner des billets de banque ! Fabuleux ! Or donc, il avait disparu ? Ce ne serait pas une histoire de gangster ? Elle se souvenait d'un « Renquilleur », la rubrique sarcastique de *La Gazette*, dans laquelle le chroniqueur parlait de l'enlèvement de Pfund. Elle avait rit en se disant qu'avec un tel artiste à sa botte, elle n'aurait plus de soucis d'argent !

*Les amis de Pfund ne croient pas à une fugue*, disait l'encadré du journal. *Fracheboud, le restaurateur qui l'a vu la veille de sa disparition raconte que Pfund était en pleine forme, pas dépressif pour deux sous selon son expression. Christa de Carouge, qui habille le graphiste depuis longtemps, ne conçoit pas qu'il ait pu disparaître ainsi sans avertir personne. « Ce n'est pas dans sa nature. Il aime vivre avec du monde autour de lui. S'il s'isole, c'est pour créer, uniquement. » Pfund fait partie du patrimoine carougeois. Toutes les personnes que nous avons rencontrées n'imaginent pas la vie carougeoise sans lui. Ses employés sont effondrés. Après l'attente, ils envisagent aujourd'hui le pire. Et la police n'est pas rassurante à ce propos puisqu'elle avoue n'avoir que quelques pistes très minces. Elle fait d'ailleurs appel à la population : toute personne qui aurait vu quelque chose d'insolite ou quelqu'un rôder vendredi dans la soirée autour du 43 rue Vautier peut s'adresser à l'Hôtel de Police en appelant le 427.11.11 ou au poste de police de la Fontenette.*

Louise reposa le journal. Elle resta immobile pendant quelques minutes. Elle ressentait le même malaise qui l'avait envahie le samedi précédent, alors qu'elle se promenait au bord de l'Arve. Elle avait besoin de prendre l'air. Quand il la vit se lever, Kiki comprit le message : il s'étira et partit vers la porte en se dandinant de joie.

# 25

Simon et Mallaury retournèrent à l'atelier. Ils avaient pris rendez-vous avec Anita, une graphiste qui travaillait depuis de longues années avec Roger Pfund. Il fallait qu'ils éclaircissent quelques points techniques.

– Nous avons besoin de savoir précisément si du matériel vous a été volé. Nous croyons savoir que tous les dessins de base sont créés sur ordinateur. Avez-vous encore les bandes magnétiques correspondantes ? Si elles ont disparu, ce pourrait être un indice.

Simon paraissait nettement plus civilisé. C'est en tout cas la réflexion que se fit Annick, une des assistantes de Roger qui avait eu affaire à lui lors de sa première visite. Elle servait un café aux policiers qui s'étaient installés avec Anita autour du palmier.

– Nous avons regardé partout. Les quelques travaux en cours qui nécessitent la discrétion sont en principe sous clé. Nous avons un coffre pour cela.

– Qu'en est-il des billets de banque ?

– Tous les travaux en cours, en particulier le « Gustave Eiffel » de cent francs, sont enfermés dans les coffres loués à la banque qui est juste en face. La Banque de France nous a fait obligation d'agir ainsi. C'était dans le contrat.

– Impossible, donc, de voler chez vous des esquisses de billets.

– Vous ne trouverez rien, en tout cas, qui vous permette de fabriquer de faux billets. De toute manière, Roger maîtrise la fabrication jusqu'à un certain stade. Il y a un moment où le fichier part pour la France. Tous les documents sont transférés au Centre de Puteaux. Passé ce cap, le nouveau billet de banque est derrière les barreaux, sous la garde d'un important système de sécurité. J'imagine que vous savez ce qu'il en est pour le papier et l'impression.

– Oui. Nous avons déjà des éléments. Il semble très difficile de se procurer du vrai papier.

– Vous ne ferez des faux que grâce à une suite de ruses permettant de ne rien utiliser d'officiel. Il est impensable de se procurer les machines nécessaires.

– Même avec beaucoup d'argent ?

– J'ignore comment cela se ferait. Il n'y a pas tant de machines dans le monde. Une machine volée ne passerait pas inaperçue !

– Et une imprimerie clandestine ?

– Oui, on peut tout envisager. Certains gangs ont sûrement les moyens de tout s'offrir. Mais à l'heure actuelle, vous n'en avez plus besoin. Une bonne maîtrise technique suffit.

– Vous voulez dire que n'importe qui peut copier des billets ?

– Peut-être pas car cela demande une grande dextérité.

– Est-ce que Roger Pfund pourrait le faire ?

– Vous parlez des billets qu'il a créés ?

– Commençons par ceux-là.

– À l'évidence, je pense qu'il vous refait n'importe lequel des billets qu'il a créés si vous lui fournissez les logiciels adéquats.

– Ce sont des programmes spéciaux ?

– Pas tellement. Photoshop et Illustrator suffisent. Mais peu de gens les maîtrisent complètement. Ce sont des logiciels lourds.

– Roger les connaît parfaitement ?

– Oui. En tout cas, il peut tout redessiner. Mais il lui manquera toujours le logiciel que la Banque de France utilise et qui a été développé par IBM. Le système est si compliqué qu'il faut deux graphistes pour faire le lien avec nous. Je pense néanmoins que Roger pourrait s'en passer. Même s'il serait difficile de refaire le tramé-trait créé pour le « Saint-Ex » en lieu et place du tramé-point.

– Et comment tricher avec les protections qui équipent justement les nouveaux billets ?

– On peut tout imiter. Le seul problème se posera au niveau de l'écoulement. Moins il y aura de risques de contrôle, par infrarouge par exemple, plus longtemps on trompera son monde.

– On se méfie de plus en plus.

– Oui, mais surtout pour les grosses coupures. Si je vous paie avec un billet de dix francs suisses, vous n'allez pas le vérifier avant de l'encaisser. C'est l'équivalent du « Saint-Ex ».

– D'où la très large information diffusée dans le public, dit Simon comme pour lui-même.

– Exactement. D'ailleurs, c'était une donnée de départ dans la recherche que Roger conduit depuis tant d'années : à partir du moment où les gens prennent l'habitude de regarder les billets, parce qu'ils constituent une œuvre d'art ou parce qu'ils intriguent, on évite déjà pas mal de falsification. Il faut absolument que le grand public soit sensibilisé à des mesures de protection. Il détectera beaucoup plus facilement les faux.

– Et les autres billets ? Ceux que Roger n'a pas dessinés ? Peut-il aussi bien les contrefaire ?

– Je dirais oui. Il connaît si bien son domaine.

– Il saurait aussi « faire comme si » pour contourner les obstacles ?

– C'est certain. Car il sait aussi jouer avec le papier. Pour copier, par exemple, la taille-douce, une méthode très particulière d'impression, un gravage par acide sur plaque de métal aujourd'hui utilisé pour la plupart des billets, il saurait comment imprimer, puis gaufrer le papier. Un néophyte n'y verrait que du feu.

– De même pour les encres ? Pour le filigrane ?

– Tout à fait. Combien de personnes ont compris que l'encre du boa, notamment, change de couleur selon l'inclinaison du papier ? Tout cela se copie très bien ! Mais ça reste de l'imitation. Sous un UV, on ne triche plus ! Les machines utilisées en France sont des bijoux qui valent très cher. Pour le filigrane, c'est plus difficile encore. On peut le faire en blanc, mais il faut que la technique d'impression soit très pointue. Sinon, comme à Vic-le-Comte, le filigrane est incorporé à la pâte à papier lors de la fabrication. Ça ne se contrefait pas.

– Vous pourriez repérer, vous, une fausse coupure à l'œil nu ?

– S'il s'agit d'une de celles que nous avons créées, je pense que oui. L'œil du graphiste voit des défauts qui échappent aux autres. Le principal défaut reste le repérage recto-verso. C'est ce qui rend les copies plus aléatoires. Les machines reconnues impriment toujours le recto en même temps que le verso. La marge n'est alors que de quatre millièmes de millimètres !

– Sur une rotative ?

– En France, à Chamalières, on travaille sur rotative. En Suisse, sur une presse à feuilles. Mais le système de repérage est identique. Il s'agit de machines particulières, les rotatives classiques ne peuvent effectuer ce travail « double-face » en une fois. De surcroît, il s'agit de quadrichromie. Des engins qui coûtent très cher, encore une fois.

– En résumé, impossible de se procurer les véritables matières premières et impossible de faire des billets parfaits.

– Je dirais cela, acquiesça Anita, mais je sais que certains billets sont plus faciles que d'autres à imiter. Le dollar, par exemple, du fait que toutes les coupures ont la même couleur et la même forme, permet une meilleure falsification. Avec une bonne imprimante et un scanner puissant, on peut aller très loin.

– Sauf que si ces gens sont équipés de la sorte, ils n'ont pas besoin de Roger.

– Exactement, c'est pourquoi j'ai du mal à croire à un enlèvement pour ce motif.

– Sauf peut-être en ce qui concerne la France et le cinquante francs, conclua Simon.

Dans l'escalier, Simon s'attarda devant les affiches placardées sur le mur. Mallaury, respectueux, attendait deux marches au-dessus de son chef. D'une voix qu'il voulait détachée, il reprit leur conversation comme si de rien n'était.

– Vous ne trouvez pas qu'un enlèvement par des faussaires, ce serait trop énorme ?

Simon réagit enfin et continua à descendre, laissant ses rêves de Carmen dans l'escalier.

– En effet, mais on ne peut rien négliger.

– Chef, entre nous, si c'est ça, il est foutu le mec. Ils ne le relâcheront jamais vivant.

– T'as raison. Si c'est la mafia, on le retrouvera un de ces jours dans un coffre de voiture ou dans une poubelle.

– Ce serait moche.

– Très moche.

# 26

En se remémorant les événements de ce fameux vendredi soir, Jean-Paul avait ressenti une terrible angoisse. Il était retourné chez lui. Dans son trois-pièces en désordre, il se sentait comme intouchable. Depuis son licenciement, il ne faisait plus rien. La vaisselle sale s'amoncelait. Le courrier, quand il pensait à relever sa boîte aux lettres, s'empilait en vrac sur le tapis du salon. À même le sol, il avait étalé de nombreuses coupures de presse concernant Pfund et l'exposition du Musée de Carouge. Il avait rageusement arraché de certains journaux les pages comportant des photos du vernissage. En arrivant au milieu du salon, il donna un grand coup de pied dans tous ces papiers. Puis il s'agenouilla et se mit à pleurer.

Il était fatigué. Depuis ce samedi matin fatal, il n'avait pas cessé de boire. Il n'avait aucun autre souvenir. Il avait eu besoin d'alcool, pour exorciser sa peur. Pour effacer ce qu'il avait vu. Pour oublier qu'il avait été lâche. Maintenant, il savait qu'il n'avait pas rêvé. Les journaux parlaient de la disparition de Pfund et recherchaient des témoins. Mais qui le croirait ? Comment pourrait-il expliquer qu'il s'était réveillé, ce samedi-là, assis au volant d'une voiture inconnue, dans la cour des Halles ?

Il avait mal à la tête. Une blessure, près de la nuque, saignait un peu. Il avait mis de longue minutes à recomposer la scène vécue quelques heures plus tôt. Ses mains étaient cramponnées au volant. Comment était-ce possible ? Il était trois heures du matin.

En voulant s'extraire du véhicule, il s'était pris le pied dans le tapis de sol et s'était retrouvé dehors, les mains en avant, comme s'il essayait de sortir du véhicule à quatre pattes. Il s'était trouvé lamentable, une fois de plus. Après avoir récupéré son équilibre, il avait rejoint la ruelle d'une démarche chaloupée, n'osant pas traverser les Halles.

Il lui était impossible de dire combien de temps il avait mis à revenir chez lui. Était-il même rentré ? Il ne s'était réveillé que ce matin, avec ce foutu mal de tête !

Même si aucun indice ne le mettait en cause, il valait mieux qu'il reste caché. On ne l'écouterait pas. On croit rarement les alcooliques.

# 27

Calame avait horreur de ce genre d'enquête de routine. Mais quand les éléments contenus dans le dossier étaient minces, il fallait bien chercher dans toutes les directions...

Arrivé au Musée, il demanda à parler au directeur. Ce dernier, très élégant, le reçut immédiatement dans son bureau.

– J'ai appris, comme tout le monde, la disparition de Monsieur Pfund, je ne parviens pas à y croire, s'exclama-t-il d'entrée de jeu. Ses employés vous auront dit quel homme délicieux c'était. Je n'imagine pas qu'on puisse lui vouloir du mal.

– Oui, Monsieur, beaucoup de gens pensent comme vous. Malheureusement, plus le temps passe, plus nous devons nous rendre à l'évidence : Roger Pfund est introuvable. J'ai besoin de votre aide.

– Elle vous est acquise.

Le directeur s'exprimait dans un français de salon qui perturbait un peu Calame. Le policier, pas vulgaire pour deux sous, avait néanmoins l'habitude d'un parler plus « banal ».

– Vous avez beaucoup côtoyé Roger Pfund pendant l'installation de l'exposition. Peut-être avez-vous remarqué de l'animosité entre lui et quelqu'un de son entourage ?

– Quelqu'un de l'atelier ? Que voulez-vous dire ?

– Monsieur Pfund n'est pas riche. Il est inconcevable qu'on l'ait enlevé pour obtenir une rançon. D'ailleurs, nous aurions déjà connaissance d'une revendication dans ce cas. Comme il n'y a rien de ce genre, c'est peut-être un acte criminel du type vengeance, jalousie, que sais-je ?

Le policier s'appliquait à utiliser un langage qui convenait mieux au directeur. Ce dernier semblait apprécier.

– Mon dieu ! Quelle fâcheuse idée ! Mais en même temps, je dois en convenir : un talent doit susciter beaucoup d'envie.

– J'aimerais que vous me disiez si vous avez constaté, à un moment ou à un autre, que Roger Pfund semblait tendu, ou inquiet, s'il n'y avait pas quelque tension avec quelqu'un.

– Oui, il y a bien eu une altercation avec notre ancien nettoyeur, mais ce n'était rien de grave. Nous n'attendions qu'une occasion pour mettre fin à son contrat. L'empoignade avec Roger Pfund nous a fourni un alibi parfait pour cela. Ouf ! Débarrassés !

Le directeur avait dit cela avec un snobisme extrême et un élégant petit geste de la main. Calame le trouvait ridicule. Mais il n'était pas là pour faire une étude de société.

– Pourriez-vous tout de même me donner le nom et les coordonnées de cet homme ?

– Oui, ma secrétaire vous donnera tout ça. Moi, je l'appelais Jean-Paul, c'est tout.

– Il n'y a rien d'autre qui vous revienne à l'esprit ?

– Non, vraiment, je ne vois rien.

– Comment fonctionne votre exposition, Monsieur le Directeur ?

– Très bien ! Nous savions que Pfund serait un bon thème. (Il se pencha en avant et lança un bref regard derrière lui, comme s'il était sur le point de confier un secret.) Mais je dois à la vérité de vous dire que le récent fait divers remplit nos salles. (Il reprit une voix normale.) C'est malheureux, mais ce genre de publicité fonctionne à merveille.

Calame fit une grimace.

– C'est assez lamentable, jugea le policier.

– D'un point de vue humain, je vous suis totalement. Mais si je regarde mon tiroir-caisse…

Le directeur n'avait pas terminé sa phrase et pianotait sur son bureau en regardant Calame avec un petit sourire complice.

Ce type est abject, observa le policier pour lui-même, en se levant pour mettre un terme à l'entretien. Le directeur avait le regard dans le vague, ses yeux brillaient à l'évocation des caisses de l'établissement qui se remplissaient de billets de banque…

La secrétaire donna à l'inspecteur les coordonnées de Jean-Paul. L'ancien employé habitait dans une des Tours de Carouge, à deux pas de là. Pendant que Calame inscrivait tout cela sur son carnet, un homme entra dans le bureau et fit mine de passer un chiffon sur un petit meuble.

Lorsque le policier sortit du Musée, l'homme le suivit. C'est seulement sur la place de Sardaigne qu'il lui adressa la parole.

– Que voulez-vous ? demanda Calame un peu sèchement après que le gaillard l'eut légèrement sifflé, ce qu'il ne supportait pas.

– Excusez-moi, mais je ne voulais pas faire trop de bruit. Mon patron ne verrait pas d'un bon œil que je vous parle en cachette.

– Qu'avez-vous à me dire ?

– Pour faire vite, deux choses : la première, c'est que le patron a l'air de jubiler depuis deux jours, enfin depuis qu'il y a eu les articles dans le journal. On doit presque refuser du monde. D'ailleurs, je ne vous dis pas le travail que ça me donne, puisque c'est moi qui nettoie tout.

– Qu'essayez-vous de dire ?

– Rien de spécial, mais je trouve ça bizarre, car cette histoire a l'air de vraiment l'arranger.

– Vous pensez qu'il a quelque chose à voir avec l'enlèvement ?

L'homme haussa les épaules.

– Je ne sais pas, moi, mais allez savoir, avec ces gens-là... Il pourrait même être de mèche avec Pfund. Un bon coup de pub, des fois, ça fait du bien au porte-monnaie... !

– Vous vous rendez compte de ce que vous dites ! Vous accusez Pfund de simuler son propre enlèvement !

L'homme était gêné par son audace. Ça se sentait.

– Non, je dis juste que ça arrange bien tout le monde, c'est tout !

– Vous aviez autre chose à me dire.

– Oui. (Il regarda en direction du Musée. Il devait vraiment avoir peur qu'on le surprenne.) C'est à propos de Jean-Paul. On raconte ici que c'est surtout parce que son caractère n'allait pas avec celui du directeur qu'il a été viré...

– Qu'en savez-vous ? (Calame était impatient.)

– J'ai vu Jean-Paul, moi, l'autre soir, il était complètement cuit, dans un café de la rue Saint-Joseph. Il gueulait qu'il allait tuer tout le monde, et Pfund en premier.

Calame sursauta.

– Il a parlé de TUER Pfund ?

– Oui, Monsieur.

– Vous êtes sûr du terme.

– Parfaitement, même que les autres lui ont dit qu'il ne fallait rien exagérer. Ensuite, il s'est levé et il est parti.

– Et personne n'a rien fait pour l'en empêcher ?

– Ben non, c'est un citoyen libre ! Mais ne vous en faites pas, inspecteur, dans l'état où il était, il ne risquait pas de faire du mal à qui que ce soit !

# 28

*Le graphiste carougeois reste introuvable*

## *PFUND A CRÉÉ LES BILLETS VERROUILLÉS*
*Une enquête de Liliane Claude*

*C'est ce qui l'avait propulsé à l'avant-scène de son métier : Roger Pfund, en 1971, remportait le concours lancé par la Banque Nationale pour la création d'une série de billets de réserve. Fort d'une grande expérience dans le domaine du papier fiduciaire, le graphiste carougeois est le père de la nouvelle série française, historique puisque la dernière avant la monnaie européenne unique.*

*Il n'était qu'un petit graphiste bernois quand, en 1969, un ami le poussa à se lancer dans la course. Par jeu, par défi, Roger Pfund accepta de tenter sa chance, estimant que le billet de banque est un des plus beaux moyens de faire circuler une œuvre d'art et de la soumettre au regard du plus grand nombre. Et il décrocha le premier prix ! Sa force ? Il renonçait aux guillochis et autres décorations inutiles. Il faisait d'un billet un message complet sur le personnage qu'honorait la coupure. Puisque la Banque nationale avait enfin choisi de sortir des motifs allégoriques, qu'elle aille jusqu'au bout et fasse du billet de banque une œuvre d'art !*

*C'est l'autre lauréat, Ernst Hiestand, qui a réalisé la série mise en circulation, parce qu'il disposait d'une infrastructure plus grande, nécessaire à une production rapide. Les créations de Pfund dorment depuis longtemps dans les coffres de la Börsenstrasse de Zurich. Mais sa renommée avait pris son essor. L'artiste fait aussi partie du groupe de travail qui planche sur les futurs billets suisses dont le premier – un cinquante francs comme en France – devrait voir le jour en 1995. On ne peaufine pas pendant quinze ans une telle spécialité sans être reconnu par ses pairs.*

*C'est ainsi que la Banque de France, en 1980, songea à lui pour sa nouvelle gamme de billets. Les fonctionnaires de la République qui ne pouvaient engager qu'un national eurent l'heureuse surprise de découvrir que, par sa mère bourguignonne, Roger Pfund était également français. Le marché fut conclu. La démarche artistique serait moins honorifique, car les impératifs de sécurité interdisent à l'auteur de signer ses billets. Ainsi donc, le nom de Pfund est quasiment secret à la Banque de France ! Le dossier de presse qui présentait récemment le nouveau billet ne faisait aucune allusion au designer. Tant pis ! Pfund n'en a cure. Car tout le monde sait que c'est lui !*

*Le nouveau billet de cinquante francs français, tous les Genevois en ont déjà tenu un en main. Sa couleur dominante est bleue comme le ciel dans lequel Saint-Exupéry aimait à rêver. Tous les motifs visuels qu'il contient sont inspirés par la vie de l'auteur du* Petit Prince. *Ils servent en même temps de traquenards pour les faussaires. Ce billet en fourmille, telle une succession de verrous. Nombre d'entre eux ont été imaginés par Pfund lui-même.*

*Le portrait de l'aviateur domine le recto du billet. À sa gauche, deux des parcours effectués par celui-ci et la silhouette d'un Latécoère 25, le tout sur fond de mappemonde. Le célèbre dessin du « boa qui digère un éléphant » est imprimé au-dessus du filigrane sur la partie gauche du billet. Il passe du bleu très foncé, presque noir, au vert soutenu selon l'inclinaison du billet.*

*Le nouveau système Strap (système de transfert réfléchissant antiphotocopie), constitué d'une bande brillante qui illumine les photocopies couleur et empêche toute reproduction, figure sur ce même côté, comme un pointillé en aluminium traversant le billet.*

*Une silhouette est faiblement visible à l'œil nu sous le filigrane : celle du mouton que l'aviateur dessina maladroitement pour le* Petit Prince. *Ce dernier est composé d'une encre spéciale, incolore et brillante, que l'on constate plus par le toucher que par la vue.*

*Le fameux Petit Prince apparaît en transvision, soit sur les deux côtés. Il faut que les images soient vraiment au même endroit ! C'est d'autant plus habile qu'il ne porte pas les mêmes couleurs sur les deux faces de la coupure. Sur un côté il est vêtu d'un maillot blanc et d'un pantalon vert, et sur l'autre, les couleurs sont inversées. La vision globale, obtenue par transparence, donne une teinte quasiment impossible à reproduire.*

*Au verso, on trouve le Breguet 14 posé sur le sable du Sahara. C'est le rappel de la contribution de l'aviation dans l'évolution du vingtième siècle, et le souvenir des nombreux voyages de Saint-Exupéry. Parmi ceux-ci le raid Paris-Saïgon pendant lequel l'aviateur dut se poser dans le désert où il imagina le* Petit Prince.

*À côté du Strap posé à chaud, l'incorporation du filigrane directement dans le billet, le fil intégré dans la coupure et l'impression en « taille-douce » réalisée en plusieurs endroits donnant une sorte « d'emboutissage » au motif traité font de ce nouveau billet une monnaie inviolable.*

*La disparition de Roger Pfund aurait-elle quelque chose à voir avec ces billets et d'éventuels faussaires ? On peut y penser, c'est même ce qui vient à l'esprit en premier. Avec 260 milliards de francs français en circulation, le jeu peut tenter plus d'un malhonnête. Pourtant, le franc français n'est pas la monnaie la plus contrefaite dans le monde. C'est le dollar et son billet de cent qui détiennent le record toutes catégories.*

*Juste derrière, on trouve le billet de 100 000 lires italiennes souvent considéré comme « plus vrai que nature » ; vient ensuite le mark allemand, plus utilisé que le dollar dans les pays de l'Est. On en saisit régulièrement en Suisse des quantités non négligeables. Mais ces billets ne sont pas fabriqués ici. Chaque année, la police confisque d'énormes quantités de fausses coupures helvétiques. Mais jamais encore les saisies n'ont été assez importantes pour mettre en danger la monnaie en cours ou nécessiter le recours à la série de réserve. Hélas, nous ne verrons jamais les billets suisses de Pfund !*

*En attendant, rappelons que la contrefaçon de billets de banque, même si elle est un des plus vieux délits au monde, reste sévèrement punie. Les faussaires risquent jusqu'à vingt ans de réclusion.*

L.C.

## 29

Calame trouva l'adresse du premier coup. Mais avant d'intervenir seul, ce qui n'était jamais une bonne idée, il avait appelé un collègue à la rescousse depuis son téléphone de voiture. Il en avait profité pour résumer à Simon son entretien avec le directeur et également les confidences de l'employé qui avait remplacé Jean-Paul au Musée.

– Ça mérite peut-être qu'on s'y arrête quelques instants. On s'occupe des finances du Musée et du directeur. Je t'envoie quelqu'un. Je ne sais pas qui, car on commence à manquer d'effectif. Tu attends devant la *Brasserie des Tours*, tu verras bien qui vient. Si le mec résiste un peu trop, vous me le coffrez et me l'amenez ici. OK ?

– Compris, patron.

Calame eut le temps de boire un café avant l'arrivée de son collègue. Il avait déjà travaillé avec Lambert. Ce dernier faisait en général équipe avec Gross. Mais quand il y avait de grosses affaires, le duo prêtait main-forte aux quatre équipes. Les deux hommes s'entendaient très bien. Ils avaient fait l'école de police en même temps. Moins proche de Simon que Calame et Mallaury ou encore Martin, Lambert vouait un grand respect à son chef. Comme tous les autres, il avait été informé des « liens » entre le commissaire et Roger Pfund. Comme ses collègues, il souhaitait trouver le coupable et mettre un terme à ce dossier. C'est donc avec enthousiasme qu'il avait accepté de rejoindre Calame à la brasserie de l'avenue Vibert.

Le 14, avenue Vibert était dans la Tour qui surplombait la curieuse fontaine aux cinq vasques. Les deux policiers étaient convenus que Calame irait interroger seul le dénommé Jean-Paul alors que Lambert resterait en retrait.

Calame sonna au premier étage. Pas de réponse. Il insista. Au deuxième coup de sonnette, il crut percevoir comme un mouvement derrière la porte. Il lança un classique « Police ouvrez ! » qui ne fit aucun effet. Il frappa du poing. Rien. Mais il entendit un bruit de glissement au fond de la pièce. Comme une fenêtre qu'on ouvre.

En quelques secondes, il était redescendu dans l'allée. Par la porte vitrée, il vit Lambert l'arme au poing, en position de tir. C'est bien ce qu'il pensait, l'homme avait tenté de s'enfuir par la fenêtre. De son balcon, c'était un jeu d'enfant de gagner le toit du restaurant.

– Tu ne bouges plus ! avait crié Lambert à l'adresse du fugitif.

Calame sortit. À califourchon sur la balustrade du balcon, Jean-Paul avait levé les mains. Il regardait derrière lui avec l'intention évidente de revenir sur ses pas. Calame recula. L'homme ne prendrait pas le risque de passer par le côté nord de l'immeuble, car le saut était nettement plus haut sans l'avancée du restaurant. Jean-Paul avait donc peu de chances de s'en sortir. Calame regagna l'étage. Devant la porte, il appela le suspect. « Sois raisonnable ! Si tu ouvres la porte, tout se passera en douceur ! »

– Je n'ai rien fait ! criait l'autre au fond de la pièce.

– Alors, tu as d'autant moins à craindre de nous !

– Je ne sais pas où il est !

– Tu vas commencer par t'expliquer clairement, c'est tout ce qu'on te demande. Il y a un homme en danger, et tu peux peut-être nous aider, poursuivit Calame, sans aucune conviction quant à la vocation salvatrice de Jean-Paul.

Un bruit de verrou qu'on débloque, et la porte s'ouvrit.

– Vous voudriez que j'agisse pour lui ? Et lui, qu'a-t-il fait pour moi quand on m'a viré ?

– Ce n'était pas à cause de lui, vous le savez comme moi.

Calame avait répondu d'une voix très calme. D'un geste, il demanda l'autorisation d'entrer dans la pièce. Jean-Paul ouvrit la porte plus grand encore et fit signe à Calame de faire comme il voulait. Entretemps, Lambert les avait rejoints, son arme toujours à la main. Le voyant, Jean-Paul leva les bras.

– Entre, dit Lambert en joignant le geste à la parole.

Le suspect s'exécuta. C'est Lambert qui referma la porte.

– Mais tu m'as l'air très intéressé par Roger Pfund, lança Calame, un peu moqueur, en découvrant le tapis jonché de coupures de presse.

– Ça n'a rien à voir, répondit Jean-Paul.

– Rien à voir avec quoi ?

– Avec l'histoire qu'ils racontent là, dans le journal.

– Parce que tu connais la bonne histoire, toi ?

– Mais pas du tout ! Ce que je dis, c'est que j'ai découpé tous ces articles parce que je suis persuadé que ce mec m'a fait perdre mon job. J'avais la rage. J'en voulais à tout le monde de ce qui m'arrivait. Cette expo, j'ai vachement bossé dessus. Et maintenant, tout le monde se gargarise avec, et moi, je passe à l'as !

Jean-Paul était genevois, il n'y avait pas l'ombre d'un doute. Avec un tel langage, on n'a pas besoin de passeport ! Malgré tout, sa franchise ne déplaisait pas à Calame.

– Bien, mais à part ça, quand as-tu vu Roger Pfund pour la dernière fois ?

Il y eut un long silence.

– Eh bien ? relança Calame. T'as des pertes de mémoire ?

– Je ne sais pas. Au Musée, sans doute.

– Tu ne l'a pas vu ces derniers jours ?

– ... Non.

Jean-Paul n'osait plus croiser le regard du policier.

– C'est curieux, reprit Calame, on m'a dit que tu étais très fâché contre lui l'autre soir...

– Moi ? Je ne me souviens pas.

– Il paraîtrait même que tu as raconté que tu voulais le tuer !

Jean-Paul blêmit.

– J'ai dit ça ? Je devais plaisanter...

– Je connais des gags plus amusants, surtout quand on s'aperçoit quelques jours plus tard que l'autre a disparu !

– Mais je vous dis que je ne sais rien ! J'avais bu !

– Et depuis, la mémoire ne t'est pas revenue ?

– Depuis, j'ai bu.

– Décidément, t'as une sacrée descente ! Bien, dans ces conditions, on va t'embarquer. On a un coin bien tranquille, chez nous, pour cuver et réfléchir. Ça t'étonnera : il y a des gars qui retrouvent la mémoire instantanément dès qu'ils sont dans nos bureaux...

– Mais j'ai rien à vous dire !

– Raison de plus, ça nous prendra moins de temps !

# 30

*Chasse à l'homme, rue de la Filature*

Manuel sourit en pensant à ce titre qu'il pourrait donner à une des nouvelles qu'il aimait écrire. En effet, en suivant Vladimir, il s'était retrouvé dans la petite artère perpendiculaire à la rue Saint-Victor. Il n'avait jamais entendu ce nom, et cela l'amusa beaucoup : il devait y avoir de sacrés limiers, à l'époque, pour baptiser une rue comme ça... Il y avait sûrement une autre explication, il faudrait qu'il demande à Calame. Comme tous ses collègues plus âgés, Manuel avait déjà compris que lorsqu'on cherchait une référence historique sur Genève, Calame était toujours l'homme de la situation. On se demandait même pourquoi il avait opté pour la police au lieu de choisir une carrière littéraire ou dans l'enseignement.

Depuis trois jours, Manuel écumait les bars carougeois en suivant le Russe. Il s'était changé à plusieurs reprises, s'amusant à se transformer en jeune homme distingué, en étudiant rêveur ou encore en roller transpirant. Le Russe, apparemment, ne se méfiait pas. Manuel, relayé la nuit par un collègue, consignait avec application les occupations du suspect. Mais à part la boisson, l'homme n'avait pas beaucoup de centres d'intérêt. Une fois de plus, il venait d'entrer dans un café, *L'Aigle d'Or*. L'établissement était petit. Manuel y pénétra et s'affala sur un banc, comme pris dans le journal de *Roller* qu'il avait en mains. Bortonichov ne l'avait pas vu, il était assis devant un verre. C'était la première fois qu'il ne s'accoudait pas au bar. Manuel comprit pourquoi lorsqu'un grand gaillard vint s'asseoir en face du Russe. Un drôle de duo. Vladimir semblait très paternel avec l'autre, que Manuel ne voyait que de dos.

Il devait être assez jeune et portait des habits défraîchis. Sous son pull en grosse laine, on devinait des bras maigres et des épaules saillantes. Face à la corpulence du Russe, le garçon paraissait plus filiforme encore. Ils parlaient bas. De temps en temps, le Russe posait sa main sur le bras du garçon. Parlaient-ils français ? Manuel les entendait mal. D'autant plus quand la machine à café résonnait dans le bistrot.

Depuis le début de sa filature, Manuel avait vu le Russe fanfaronner dans les cafés. Il savait à merveille se composer un personnage haut en couleurs et parvenait à se faire offrir des verres quasiment partout. Là, au contraire, le Russe ne jouait plus. Il avait l'air humain, pour la première fois.

L'entretien ne dura qu'un petit quart d'heure. Soudain, Vladimir posa de l'argent sur la table, se leva et sortit. L'autre restait là, immobile. Manuel, qui payait ses consommations au moment où on les lui servait pour être toujours prêt à partir, se leva à son tour. Une fois à l'extérieur, il vit à travers la vitre le jeune homme se prendre la tête entre les mains et rester ainsi prostré. Mais sa mission était de suivre le Russe, et il lui emboîta rapidement le pas.

# 31

Le matin, il avait parfois beaucoup de mal à ouvrir les yeux. Aujourd'hui, plus que d'habitude, sa tête lui paraissait lourde. En la bougeant, il ressentit un terrible élancement dans la nuque. Instinctivement, il reposa la tête de côté. Immobile, c'était moins douloureux. Pourtant, il allait bien falloir sortir de cette torpeur. Pour l'épaule, c'était pire encore. Elle s'appuyait contre un matériau très dur et le sang peinait à affluer jusqu'au bout du bras.

C'est en voulant remuer les mains qu'il réalisa qu'il était attaché. Son cœur se mit à battre.

« Où suis-je ? Je n'entends rien ! Je ne vois rien non plus… ma parole ! J'ai les yeux bandés ! »

Au fur et à mesure qu'il se réveillait, Roger Pfund prenait conscience de son état. Il ressentait des brûlures à la tête. Il devait avoir une plaie à l'arrière du crâne, car un endroit paraissait plus frais que les autres, un peu mouillé sans doute. Ses doigts étaient gourds, ses coudes très douloureux. Il était assis sur le sol, jambes repliées, le torse posé sur le côté contre des objets dont il était incapable de deviner la nature. Seuls ses doigts percevaient une fraîcheur dans son dos. Il devait être dans une cave. Mais depuis combien de temps ? Et pourquoi ? La tête lui tournait. Il ne parvenait pas à rassembler ses souvenirs. L'endroit sentait le renfermé. Si ce bruit d'eau ne cessait pas, il allait uriner sur place.

Roger tenta à nouveau quelques mouvements, ne serait-ce que pour changer de position. Ses genoux grincèrent, et il retomba dans la même posture. Même sans bandeau, il n'aurait pu garder les yeux ouverts. Il avait tellement sommeil !

Il cessa de lutter et se recala tant bien que mal dans sa position première. Il prit un certain plaisir à se rendormir…

# 32

Calame n'avait pas eu l'occasion d'en parler avec son patron, mais il éprouvait beaucoup d'admiration pour la réaction de Simon. Qu'il devait être difficile d'enquêter sur la disparition de l'ex-amant de sa femme ! Même si bon nombre d'années s'étaient écoulées entre tous les événements qui rapprochaient ces trois êtres.

Depuis qu'il avait « explosé » dans le bureau de Vincent, Simon avait bien donné le change. Sa fierté, pourtant, avait dû en prendre un coup. Il avait promis de ne pas laisser ses sentiments interférer avec son instinct de policier et, d'après ce que Calame avait pu constater jusqu'à aujourd'hui, il s'y tenait.

Quand Calame et Lambert avaient annoncé l'arrestation de Jean-Paul, le commissaire s'était franchement réjoui : ils tenaient peut-être enfin une clé du mystère. Il avait félicité les deux inspecteurs avec sincérité.

Lui qui, au début, paraissait se moquer éperdument de ce dossier, avait mis une hargne surprenante à interroger Jean-Paul. Mais l'ancien homme à tout faire du Musée de Carouge restait fermé. Il s'obstinait à répéter qu'il était ivre et que ses paroles avaient dépassé ses intentions. Un point, c'est tout. Pourtant, les policiers sentaient en lui une peur indéfinissable. De qui ? Pourquoi ? Car enfin, et jusqu'à preuve du contraire, il était un suspect et non une victime !

D'un autre côté, le fichu sixième sens de Simon ne parvenait pas à voir en lui un coupable possible. L'homme avait une grande gueule, mais peu d'ambition et plus de biceps que de cervelle. Il était du style à frapper rageusement sur Pfund et à le laisser mort, mais pas à l'enlever.

Partant de cette idée, les inspecteurs s'étaient efforcés de lui faire avouer qu'il avait cogné, peut-être sans se rendre compte de la gravité de son geste, et qu'il avait laissé le graphiste K.O. Un autre coupable aurait alors profité de la situation pour embarquer le designer.

On trouvait cette succession de coupables possibles dans tous les romans policiers ! Eh bien, même cette version des faits ne fut pas approuvée par Jean-Paul. « Têtu comme un âne ! » avait lâché le commissaire avant de délivrer un mandat et de le conduire chez le juge Saint-Ours, qui pourrait perdre son temps avec lui s'il en avait envie.

Simon voulait revoir l'atelier.

Dans le loft de la rue Vautier, l'ambiance était morose. Les affaires régressaient. Roger n'était plus là pour avoir au moins une idée par jour, et le travail s'en ressentait. Affectivement parlant, tous les employés, même les optimistes du début, s'attendaient à une mauvaise nouvelle. Chacun avait mené sa petite enquête dans son entourage, dans les bistrots du quartier. Certains étaient même allés dans la maison de campagne de Roger ou encore chez des amis à lui. Sans résultat.

En temps normal, Simon n'aurait pas apprécié que ces gens prennent tant d'initiatives. Mais comme ce dossier n'avait rien de logique, tous les moyens étaient bons. La vie de Roger Pfund avait donc été épluchée par tout le monde, sans que cela débouche sur quelque chose de concret.

Le commissaire ne l'aurait jamais avoué, mais il appréciait particulièrement le café servi à l'atelier. Il s'empressa d'accepter lorsqu'Annick lui en proposa un. Contrairement à leur première visite, les policiers n'eurent rien à demander : tout le monde s'était réuni autour d'eux avant même qu'ils n'aient le temps de s'asseoir sur le banc espagnol.

Ils commencèrent par poser des questions à propos de Jean-Paul que l'on venait d'arrêter. Personne ne fut très étonné de sa réaction.

– C'est un type bizarre…, commença Inès.

– Certainement pas méchant, compléta Annick.

Les autres semblaient approuver. Inès continua.

– Il est venu plusieurs fois, un peu éméché, pour parler à Roger. Chaque fois, on l'a gentiment raccompagné à la porte et tout s'est bien terminé. Il finissait généralement aux Halles, à boire des verres chez son copain le boucher. À mon avis, si quelqu'un a enlevé Roger, ce n'est pas lui.

Approbation générale, encore une fois. Simon changea de sujet.

– Il y a souvent des gens étranges autour de Roger…

Les autres éclatèrent de rire.

– À commencer par nous ! s'exclama un architecte.

Tout le monde repartit d'un rire sincère. Simon s'amusa de cette réaction.

– Plus sérieusement, reprit-il, a-t-il souvent affaire à des gens… « marginaux » ?

Annick lança un clin d'œil à Inès.

– Beaucoup d'artistes évoluent dans ce milieu. Des êtres de tous bords. C'est un monde à part. C'est d'ailleurs ce que Roger aime. Le classique bourgeois l'ennuie.

– Pardon, je me fais mal comprendre, je sais que le monde artistique a besoin de ce grain de folie sans lequel il ne serait pas ce qu'il est. Vous faites comme vous voulez d'ailleurs, et c'est bien ainsi. Moi, je vous parle de gens « étranges » qui auraient eu ces derniers temps de curieuses réactions, ici ou ailleurs à l'encontre de Monsieur Pfund.

Chacun réfléchit en silence. C'est Inès qui reprit la parole en premier.

– On a parlé de Jean-Paul du Musée, de Vladimir-le-Russe, c'est déjà pas mal... Il y a bien les cinglés de service, mais eux...

Simon se redressa.

– C'est exactement ce que je vous demande ! Quels « cinglés » ?

Chacun y alla alors de son explication. Annick capta l'attention du commissaire, en parlant d'un Italien, « fou de Roger ». Simon lui demanda de préciser.

– Roger a fait la connaissance de cet homme il y a deux ou trois ans. Nous étions à Milan pour la présentation d'un objet créé par Roger pour *Cassina*. Les Milanais ont un don pour les fêtes hyper-branchées. Il y avait un monde fou ! Roger était aux anges ! J'ignore comment ce type l'avait approché, mais toujours est-il que je les avais trouvés en train de discuter. Je me souviens avoir ri parce que Roger me faisait des gestes désespérés pour que je le tire de ce mauvais pas. Je l'avais laissé s'embourber un peu avant d'inventer un autre admirateur qui souhaitait le rencontrer. Nous avons souvent ri en nous remémorant ce moment. Depuis, chaque fois que quelqu'un nous envahit un peu trop, on le traite de « San Marco » – c'est le nom du bonhomme.

– Et vous l'avez revu ?

– Partout ! (Les autres rirent encore une fois.) Ce type est une véritable sangsue. On l'a même retrouvé à Villeurbanne l'été dernier ! Bon, la plupart du temps, il écrit ou il téléphone. Il est complètement passionné par ce que fait Roger. Je crois qu'il est riche et qu'il s'occupe comme il peut...

– J'ai l'impression, coupa Inès, que c'est un gentil, gentil, gentil... si vous voyez ce que je veux dire ! Je ne suis pas sûre qu'il soit tout à lui, mais bon, il n'est pas mauvais bougre.

– L'avez-vous vu récemment ?

– Bien sûr ! Au vernissage du Musée ! Pensez ! Une exposition entière consacrée à Pfund ! Il n'allait pas manquer ça !

– Vous avez son adresse, à Milan ?

– Sans problème, je vous cherche ça tout de suite.

– Il est déjà venu à l'atelier ?

– Évidemment. Il y a une semaine, nous avons dû lui demander de sortir. Mais je ne pense pas qu'il soit encore à Genève.

– C'est bête, reprit Inès, Il m'avait laissé la carte de son hôtel, au cas où Roger aurait voulu le joindre ! (Éclat de rire général)

– Vous n'auriez pas cette carte ? demanda Simon.

– Non, elle est passée directement à la corbeille !

– Dommage...

– Vous ne pensez pas que ce pauvre San Marco...

Simon la coupa pour répondre d'une voix très lasse.

– Je ne pense pas, je cherche. Vous aviez parlé de « cinglés » au pluriel...

– À cause de Masel-nich de Mu-nich ! lança Annick en insistant sur les deux syllabes. Ça nous a toujours fait rire également. Mais là, c'est pas l'homme qui amuse, seulement son nom. Monsieur Maselnich est un collectionneur de billets de banque. C'est un hobby qu'il gère à grande échelle puisqu'il anime un club international de collectionneurs. Il a des contacts dans le monde entier. C'est un homme sérieux. Il investit des sommes importantes dans son passe-temps. Nous avons eu un contact avec lui à la veille de l'exposition. Il regrettait de ne pouvoir se déplacer, mais nous réclamait le livre. Quand il a su le poids du bouquin, il a beaucoup ri et a promis de venir le chercher la prochaine fois qu'il passerait dans la région.

» Maselnich avait rencontré Roger à Stuttgart, lorsque nous avions réalisé un ouvrage pour les 75 ans d'*IBM Allemagne*. Pour des raisons professionnelles, Maselnich faisait partie du groupe de travail. Je crois qu'il bosse pour une maison de relations publiques, ou de marketing... toujours est-il qu'on l'a retrouvé à Würzburg l'année suivante pour un livre sur... (elle regarda Inès qui souffla la réponse) les 100 ans de *Vogel-Verlag*, tu as raison.

– On l'a revu aussi pour *Deutsche Linoleum Werke* l'an dernier, pour la boîte-invitation, continua Inès.

Soudain, la belle brune fit une horrible grimace et dit, en pointant un doigt vers le bureau d'Annick :

– La boîte à vidéo pour Marlboro, ce qu'on a trouvé plein de sang sous la table, l'autre jour, c'était encore avec lui. Souviens-toi Annick, il était aussi à Munich l'année dernière ! On l'a même sur les photos !

Simon se leva. Les employées de Roger Pfund venaient de désigner deux coupables parfaits. Si les mobiles étaient encore troubles, leurs liens avec Roger Pfund étaient évidents. Il demanda que soient donnés à ses lieutenants tous les renseignements ou photos disponibles sur San Marco et Maselnich. Tout cela allait être communiqué le plus vite possible à Interpol, puis directement à Munich.

Simon ignorait si Gerhard Schmutz était encore en poste dans la capitale de la bière. Ils avaient travaillé étroitement ensemble quelques années auparavant, lorsqu'un riche Bavarois avait été retrouvé mort dans un hôtel de Genève. Leur amitié avait perduré. S'il était atteignable, Schmutz pourrait lui être d'une aide précieuse.

## 33

Le libraire de la rue Cardinal-Mermillod ferma sa boutique et partit en direction de l'Arve. John Guinand venait d'ouvrir le magasin de ses rêves : *Aux Brumes de la Tamise*, en face de la Clinique de l'Arve. Il y vendait sa passion, la littérature policière anglaise. L'homme lui-même avait goûté à Agatha Christie dans ses plus jeunes années et ne s'en était jamais remis.

Les petits cottages fleuris, les crimes astucieusement ficelés sur des *greens* impeccables, dans une société bourrée de principes et d'interdits, des suspenses parfois bien plus monstrueux que la pire des séries noires, il adorait. À force de connaître par cœur les ouvrages des plus grandes plumes britanniques dans le domaine, il s'était fait une spécialité des petits meurtres en dentelle.

Un jour, l'opportunité se présenta sous la forme d'une arcade plus british encore que P.-D. James, et John se lança. Objets de navigation et bateaux miniatures firent bon voisinage avec tous les livres au format de poche qui s'alignaient du sol au plafond. Les fanatiques du genre vinrent en nombre rechercher ici LE livre qui manquait à leur collection. Le cas échéant, John se mettait en chasse pour le leur dégoter à Paris, Lausanne ou Bordeaux.

Il offrait à ses clients un service totalement personnalisé. Il savait ce qu'aimait chacun d'eux et leur mettaient de côté les délices qu'il découvrait. À raison d'un livre par jour, en moyenne, John lisait tout ce qui passait par sa boutique. Ce jour-là, il avait attaqué au matin son trois-cent-trente-deuxième livre de l'année ! Sa pause de midi serait constituée d'un sandwich englouti pendant la lecture. Comme il était confiné dans son arrière-boutique le reste de la journée, le libraire aimait arpenter les rives de l'Arve pendant ses pauses. Un livre dans une main, le casse-croûte dans l'autre, il cheminait sur le quai des Orpailleurs. Bien au chaud dans sa veste de mouton, il avançait régulièrement.

Plus d'une fois, il avait failli tomber. Plus l'ouvrage était prenant, moins le lecteur prenait garde à ses pieds ! Aujourd'hui, la bise était un peu tombée et l'on avait moins froid. Il mit un moment à longer la rivière avant d'arriver au banc qui voisine la passerelle de la Fontenette. Cet endroit, baptisé « Noie-tes-puces » par les anciens, offrait un petit havre de paix face à la rivière.

Le banc était glacé, mais John ne le remarqua pas. Il était captivé par une histoire de Reginald Hill. Quel talent ! Un auteur masculin de choix perdu dans un océan de femmes ! John conseillait toujours ses livres aux hommes désireux de se lancer dans la découverte de la littérature policière anglaise. Avec John Dickson Carr, et surtout Peter Lovesey, Hill constituait une denrée de choix. John vivait dans ses livres des moments intenses. Il les dévorait littéralement. L'ouvrage refermé, il ressentait toujours d'étranges sentiments. Le plaisir issu de la surprise contenue dans les dernières pages mêlé à une sorte de frustration, l'envie de continuer, de ne pas sortir de l'atmosphère du livre. On dit que c'est là l'indice d'un bon bouquin. Il avait posé le volume à côté de lui et finissait à présent le sandwich délaissé pour cause d'intrigue envoûtante... Ses yeux erraient au bord de la rivière, il savourait le temps froid.

C'est alors qu'il le vit. Sous le petit bouquet d'arbres un peu dénudé par l'hiver. On ne distinguait pas un corps, au premier regard. Plutôt un paquet de tissu ou encore une poubelle. Un sac en plastique, en effet, entourait une partie du torse. Un pied était nu. Rouge, presque noir. À l'autre extrémité, une touffe de cheveux blancs faseyait délicatement dans le vent naissant.

On a beau lire des histoires de cadavres à longueur de journée, on n'est jamais préparé à en découvrir un sur sa route. John n'en croyait pas ses yeux, n'osait plus se lever. Pourtant, il fallait s'approcher du corps, alerter la police. Ils allaient débarquer avec feux bleus, ambulance et photographes. Exactement comme dans un roman.

La réalité dépasse souvent la fiction.

## 34

Ses amis lui avaient téléphoné chaque nuit depuis qu'ils avaient eu Roger. Ils avaient refusé de lui dire s'ils étaient intervenus et, si oui, ce qu'ils avaient fait du graphiste.

Il prenait beaucoup de cachets. Sa douleur à la tête s'était estompée, mais il était si nerveux.

Finalement, il n'était pas retourné à l'atelier. Il valait mieux qu'on ne le voie pas avec son pansement à la tempe. Sans compter que ce n'était guère joli...

Les journaux du matin étaient posés sur la table, et il commença à les lire en mettant du sucre dans son cappuccino. Le breuvage n'était pas mauvais, mais, décidément, personne ne saurait jamais le faire comme lui. Il tenait la recette de sa mère ; la mousse crémeuse devait être suffisamment montée pour tenir ferme sur le café. Comble de la douceur, cette caresse sur les lèvres évoquait toujours pour lui le *caffè-latte* de son enfance.

Dans *La Gazette*, il étudia attentivement la photo de Pfund qui accompagnait l'article d'une certaine Claude. Le pauvre Roger n'était pas bien loti ! Enfin bon, pouvait-on demander à un journaliste d'avoir le sens de l'esthétique ?

Il s'étrangla presque en lisant le dernier paragraphe de l'enquête : on y faisait un lien entre la disparition de Roger et sa spécialité des billets de banque. Il venait de tout comprendre ! Voilà pourquoi les autres ne voulaient pas dire où ils avaient mis Roger ! C'était grâce à lui qu'ils avaient approché l'as mondial du papier fiduciaire, et voilà qu'ils voulaient le garder pour eux tout seuls !

# 35

Après dix jours de congé, Alix se sentait tout autre. Une telle coupure, deux à trois fois par an, lui faisait le plus grand bien. Elle venait de faire un séjour à Londres, chez son meilleur ami. Un mois avant Noël, la capitale britannique vivait une féerie à nulle autre pareille. On y trouvait des idées de cadeaux hors du commun et – ce qu'Alix préférait – des emballages qui coûtaient presque aussi cher que ce qu'ils contenaient. Elle avait la chance de pouvoir loger chez son plus vieux copain, un Genevois devenu fidèle sujet de sa Majesté, reporter sportif pour une chaîne câblée.

Ensemble, les deux complices avaient couru les magasins et surtout les pubs, ils avaient ri comme des enfants devant les vitrines, ils avaient rêvé devant les artistes de rue qui animaient Covent Garden à journée faite. De quoi retrouver ses vingt ans ! Un restaurant chinois, une comédie musicale, des *teas & biscuits* chez *Fortnum & Mason*, une visite chez Sherlock Holmes, à Baker Street… Alix avait rajeuni !

Elle entra dans la rédaction, débordante d'énergie, mais la vue de son courrier faillit avoir raison de son enthousiasme : comment tant de papier pouvait-il s'amonceler en si peu de temps ? Elle mit de longues minutes pour gagner sa table, car elle était interpellée un peu partout. Heureusement qu'elle avait pensé à ramener des petits chocolats et des biscuits au gingembre, car elle allait être prise d'assaut. Raoul, notamment, la regardait d'un œil gourmand. Une affectueuse tradition s'était établie entre eux : quand il avait un petit creux, le chroniqueur chuchotait « Chocolat ? », et Alix puisait dans ses réserves toujours renouvelées. Parfois, il proposait : « Café ? », et ils filaient discrètement jusqu'au *Café Remor*, sur la place du Cirque. En été, ils mangeaient une glace sur la terrasse. C'était l'occasion de se confier des secrets ou de dire du mal de quelques collègues. Un vrai délice !

Alix renversa son courrier sur le bureau. Elle aimait toujours retrouver ses collègues, tout autant que le goût du café débité bruyamment par l'automate. Après le breuvage anglais, elle était capable de boire n'importe quoi !

Il fallait se remettre rapidement au travail. Comme d'habitude, Alix avait épluché les journaux qui s'étaient empilés chez elle et arrivait avec une poignée d'articles découpés. Liliane Claude sortait de l'atelier photo quand Alix regroupait les articles sur Pfund dans un dossier. Elles s'embrassèrent.

– Bravo ! Bon boulot !

– Merci, Alix. Je dois dire que je me serais épargné un tel faits divers ! Je t'ai maudite de ne pas avoir laissé tes coordonnées !

– Tu n'envisageais pas de me faire revenir, tout de même ?

– Moi, non, honnêtement, répondit Liliane avec un sourire, mais le chef... (Elle eut une mimique amusée.) Finalement, c'est comme lorsqu'on tombe à l'eau : si on veut s'en sortir, il faut gigoter si l'on ne sait pas nager !

– N'exagère rien !

– Oh, c'était un peu ça ! Je te laisse imaginer la conférence de presse quand ils ont annoncé la disparition.

– Simon était là ?

– Non, il devait savoir que tu étais en vacances… !

La journaliste avait accompagné sa phrase d'un coup de coude plein de sous-entendus. La plaisanterie était courante dans la rédaction. Plusieurs membres de l'équipe tentaient régulièrement de faire rougir Alix en parlant du commissaire célibataire. Par une chance dont elle ignorait l'origine, Alix ne rougissait jamais. Elle ressentait une chaleur très vive sur le visage, mais cela ne se voyait pas. Une aubaine dont la jeune femme s'était félicitée à plus d'une occasion. Quand ses collègues parlaient de Simon, elle ajoutait toujours à leurs plaisanteries quelques petits mots, demandant, par exemple, si son« grand chéri » avait déjà appelé lorsqu'elle attendait un coup de fil du policier.

Cette façon de tourner leur relation en amusement lui évitait de dire la vérité : Simon l'attirait, elle avait cessé de se mentir. Elle savait trouver dans les yeux bleus du commissaire l'extrême douceur qu'il voulait cacher. Elle adorait les fils d'argent qui s'immisçaient petit à petit dans sa chevelure sombre. Elle appréciait particulièrement ses mains soignées. Les poignets constituaient un fantasme très personnel. Elle s'était déjà surprise à les observer chez plus d'un homme.

Le moins que l'on puisse dire, c'est qu'il n'y avait pas eu de coup de foudre entre eux. Bien au contraire. Le commissaire bourru avait d'emblée été agacé par cette ambitieuse à la crinière rousse, beaucoup trop impertinente à son goût. Quand il avait appris qu'elle était la fille du docteur Beauchamps, locataire du 11, avenue Léon-Gaud, l'immeuble dans lequel sa mère à lui était concierge, il l'avait haïe davantage. Mais Alix l'avait totalement déstabilisé par sa franchise, par la façon qu'elle avait eue de percer à jour ses complexes.[1] Leur rivalité existait de plus en plus en surface, quand au fond d'eux-mêmes ils savaient tous deux qu'ils s'appréciaient.

De là à parler d'amour... Alix gardait la tête froide. Il n'en avait jamais été question. Ils avaient tous deux le respect de leur mission et ne voulaient pas risquer de tout mélanger. Parfois tout de même, en regardant les mains du policier, Alix se sentait fondre... mais elle savait aussi qu'il y avait chez cet homme quelque chose d'étrange, comme une blessure qui l'empêchait d'aller plus loin. Un jour, elle saurait. Ce jour-là, subsisterait-il encore un garde-fou entre eux ? À chaque fois qu'elle y pensait, Alix souriait.

En voyant le sourire d'Alix et ses yeux brillants, Liliane devina ses pensées. Tout romantisme bu, elle devait l'interrompre.

– Allô, allô, ici la rédaction de *La Gazette* ! Alix-Désirée Beauchamps, vous pouvez redescendre sur terre !

Alix empoigna un bloc de papier et menaça Liliane. Elles éclatèrent de rire.

– Bien, dit Alix. Assez rêvé. On en est où ?

– On n'a toujours pas retrouvé Pfund. Je crois savoir qu'ils s'orientent vers le faux-monnayage. Ils n'ont pas encore grand-chose, malheureusement. Simon n'est pas très loquace. Peut-être le serait-il plus avec toi ? (Elle vit le sourire qui se dessinait sur les lèvres de sa collègue et ajouta :) Non, je ne plaisante pas. C'est vrai qu'il ne me connaît pas. Oh, et puis débrouille-toi, lança finalement Liliane en riant. C'est toi la responsable des faits div', moi, je retourne à ma locale. Je te refile le bébé !

---

[1] Voir *Café-crime à Champel*, Éd. Luce Wilquin, 1998

– Je ne veux pas marcher sur tes plates-bandes, commença Alix qui respectait toujours le boulot des autres, si tu veux continuer…

– Non, je t'assure, tu me rends service. Moi, les macchabées, je m'en passe !

Avec un tel dossier sur les bras, Alix n'allait pas mettre longtemps à replonger dans le bain. Qu'ils étaient loin les *scones* de Leicester Square ! Elle composa le numéro de la ligne directe de Norbert Simon.

# 36

Le rapport de gendarmerie concernant le cadavre de l'Arve parvenait à peine sur le bureau du policier quand le téléphone sonna.

– Simon.

– Bonjour, Norbert !

Il n'aurait confondu cette voix avec aucune autre...

– Oh, bonjour, Alix !

Ils étaient incapables de dire quand ils avaient commencé à se tutoyer et à s'appeler par leur prénom. Après quelques mois de pratique, ils avaient officialisé cela en « schmolitzant » à l'helvétique, c'est-à-dire en avalant un verre de vin cul sec après s'être entrecroisé les bras. Après cela, on osait en principe se dire n'importe quoi. Entre un policier et une journaliste, ce type de contrat pouvait aller très loin...

– Comment fais-tu ? demanda Simon.

Alix ne comprenait pas.

– De quoi parles-tu ?

– Comment fais-tu pour savoir déjà que j'ai un macchabée sur les bras, il y a une heure, je ne le savais pas moi-même.

Alix avait eu un déclic. Elle n'en croyait pas ses oreilles. Elle baissa instinctivement le ton.

– Ne me dis pas que Pfund est mort !

– Honnêtement, reprit Simon, je ne sais pas si c'est lui. Mais on vient de retrouver un type dans un sale état près de la passerelle de la Fontenette.

– Merde alors !

– Tu ne crois pas si bien dire. Si c'est lui, je suis mal pris.

– Mais enfin, on devrait pouvoir le reconnaître, non ?

– Sincèrement, le gars n'était pas beau à voir. Les cheveux pourraient correspondre, le visage est tellement tuméfié qu'on n'en sait rien. Une seule chose me rassure : l'état de saleté du corps. Je ne pense pas que, même en une semaine sans aucun soin, on finisse aussi sale. C'est mon seul espoir qu'il s'agisse de quelqu'un d'autre.

– Mon Dieu ! s'exclama Alix qui ne trouvait pas la nouvelle meilleure pour autant. Mais qui cela pourrait bien être ?

– Un SDF… c'est pas impossible. Je serai vite fixé de toute façon. Alix, puis-je te demander d'attendre un peu ?

– Et si c'est Pfund ? Tu ne voudrais pas que je rate ça !

– Si c'est Pfund, je t'avertis aussitôt. Mais tu n'écris rien avant. Tu peux faire ça pour moi ?

Il avait pris une voix très douce qu'Alix détestait parce qu'elle n'y résistait pas. Mais elle aimait lui laisser croire qu'il avait gagné.

– Je vais voir ce que je peux faire… (Ce qui voulait dire « Je fais comme tu veux ».)

– J'espère pouvoir te faire confiance. Je te revaudrai ça. (« Je sais que je peux compter sur toi. Je t'embrasse. »)

En raccrochant, Alix ferma les yeux. Cela devenait difficile. Pourraient-ils jouer à ce jeu très longtemps ?

Simon garda longtemps la main sur l'écouteur remis en place. Alix était de retour ! Il sentait une légère euphorie l'envahir. N'était-il pas ridicule ? Et puis il pensa à Carmen. Ses épaules descendirent d'un cran, il se prit le visage dans les mains. Alix finirait par savoir. Il fallait qu'il lui parle. Cette fois, il fallait qu'elle sache.

# 37

Ainsi donc, Roger avait disparu. Les journaux ne parlaient que de cela. Voilà la raison pour laquelle la police était à l'atelier lundi et pourquoi on l'avait tant questionné !

Il avait appris la nouvelle la veille par le petit. Jusque-là, il s'était abruti d'alcool pour oublier la peur que lui avait faite ce policier de malheur. Quand il avait parlé de mafia, Vladimir avait pensé qu'ils savaient tout. Et puis, à la réflexion, le flic ne faisait que tâter le terrain. Aujourd'hui, un Russe suspect ne pouvait qu'être mafieux. Mais ils ne devaient pas en connaître plus long sur lui. En attendant, lui qui n'était pas si courageux, avait dû prendre une bonne dose de « fortifiant » pour relever la tête. Ce n'était pas encore pour cette fois. Il s'en était bien sorti.

En émergeant de son brouillard, il avait réalisé que c'était le jour de son rendez-vous. Il n'avait jamais failli à sa parole. Le petit comptait beaucoup sur lui. Ils se retrouvaient tous les vendredis à la même heure à *L'Aigle d'Or*. Ils avaient instauré cette habitude depuis que le petit s'était confié à lui et que Vladimir avait ressenti le besoin de s'occuper de quelqu'un. Pour la première fois.

C'était bien sûr à Roger qu'ils devaient cette amitié. Ils s'étaient croisés au cours d'une fête organisée par lui. Un certain nombre de gens gravitaient sans cesse dans la sphère du grand artiste, des parasites comme des gens bien. Le Russe se classait bien évidemment dans la seconde catégorie. Il avait vite senti que le petit n'était là que par la grâce d'un Roger toujours compatissant. Pourtant, à cette époque déjà, il n'avait plus sa place à l'atelier.

Chez Pfund, on avait du talent ou on partait travailler ailleurs. Le tri se faisait vite et sans concessions. Malgré ses liens avec Marek, le graphiste n'avait pas prolongé son contrat. Le petit ne s'en était pas remis. Vladimir, pour la première fois de sa vie, avait pris quelqu'un sous son aile. Ces deux hommes, qu'une génération séparait, s'étaient retrouvés dans le même amour de l'art, dans la même admiration pour le maître de l'affiche qu'était devenu Roger Pfund.

Ils passaient ensemble de longs moments à parler de leur idole. Marek pouvait inlassablement écouter les histoires de Vladimir. Mais les souvenirs du Russe n'étaient pas sans limite et, un jour, Vladimir se mit à inventer la suite de ses aventures. Marek était bon public, et le conteur ne forçait pas son talent. Il était né pour mentir, et tout le monde était content. Même si, avec le temps, il était allé trop loin.

Quand Marek avait commencé à « déraper », c'était tout naturellement à Vladimir qu'il était venu se confier. Les vols commis par le jeune homme étaient sans gravité, et la police ne retrouva jamais sa trace. Quelquefois, Vladimir avait convaincu Marek d'aller remettre à leur place les objets volés. Les victimes retiraient leur plainte, et tout s'arrangeait. Pour éviter que la mère de Marek ne se doute de quelque chose, il fallait que le garçon travaille. Grâce à certaines relations de Vladimir, il trouva différents jobs dans des boîtes de nuit. Cette vie décalée n'améliora en rien la dépression du garçon. Elle lui procura de surcroît des relations peu recommandables. Vladimir culpabilisait. Il était décidément incapable de faire quelque chose de bien. Fût-ce une seule fois.

Il tentait régulièrement de calmer le petit. La dernière fois qu'il l'avait vu, Marek semblait très perturbé. Il lui avait annoncé la disparition de Roger, et Vladimir avait pris cela comme un grand coup sur la tête. Roger ne pouvait pas mourir, c'était impossible ! Il tenta de rassurer Marek, mais il avait très peur. Si, comme l'évoquaient certains journaux, l'affaire était liée à une histoire de faux-monnayage, il croyait savoir qui avait fait le coup. Et Roger n'en reviendrait pas vivant. Marek saurait la vérité.

# 38

*DISPARITION DE ROGER PFUND*
*La grande peur de la police*

*Exclusif*
*par Alix Beauchamps*

*Vive émotion avant-hier au sein de la police genevoise : le corps d'un homme aux cheveux blancs avait été retrouvé au bord de l'Arve. Son visage n'étant pas reconnaissable, il fallut attendre plusieurs heures et différents examens pathologiques pour affirmer qu'il ne s'agissait pas de Roger Pfund, le graphiste carougeois disparu depuis maintenant neuf jours.*

*Le malheureux, dont le corps gisait à quelques mètres de l'Arve, est sans doute un clochard. Après enquête dans le quartier, il pourrait s'agir d'Albert, qui hantait les lieux depuis quelques années. L'homme n'avait plus de nom depuis longtemps. Seul subsistait ce prénom que tout le monde lui connaissait.*

*« Je ne voulais pas qu'il entre chez moi parce qu'il sentait mauvais », explique une concierge du Clos-de-la-Fonderie, « mais je lui donnais régulièrement à manger. Pour la boisson, il s'adressait ailleurs, car je lui refusais le vin rouge ! »*

*Albert a reçu de nombreux coups au visage, ce qui l'a rendu méconnaissable. Mais d'après les premières constatations des légistes, ce n'est pas la cause de la mort. Le malheureux a dû s'effondrer après la bagarre et s'endormir sous l'effet conjugué de la douleur et de l'alcool. Le froid aurait fait le reste. Genève connaît actuellement une vague de froid polaire qui a déjà emporté trois sans-abri.*

*« Noie-tes-puces », c'est le curieux nom de l'endroit où un passant a trouvé le corps, à moitié enfoui sous des bosquets, peut-être parce qu'il est souvent inondé par les crues de l'Arve. Il s'agit d'un petit parc en bordure de la rivière, à quelques mètres des immeubles familiaux. Autrefois plus mouvementé la nuit en raison de la présence proche d'un club,* Le Moulin à danses *aujourd'hui relogé ailleurs, cet ancien quartier des Minoteries est réputé sans problème.*

*Les agents de la Fontenette n'expliquent le drame que par une éventuelle rixe entre poivrots. Le maréchal responsable du poste a lui-même tenu à rassurer la population : « Carouge n'est pas une ville dangereuse. Le hasard veut que nous connaissions simultanément deux affaires difficiles. Cela ne doit pas effrayer les gens. »*

*Pas de psychose carougeoise, donc.*

*OÙ EST PFUND ?*

*Mais cela ne nous dit toujours pas où est Roger Pfund. Dans son atelier de la rue Vautier, la tension est à son comble. « On s'attend à apprendre sa mort chaque fois que le téléphone sonne », reconnaît un de ses employés.*

*Cette disparition – nous l'avons déjà dit dans nos dernières éditions – est inexplicable. La police déploie un maximum d'effectifs pour travailler sur ce dossier. Le commissaire Simon, joint par nous en fin de journée hier, reste très prudent. « Nous avons quelques pistes. Mais vous comprendrez que je n'en dise pas plus. La vie d'un homme est en jeu. »*

*À Carl-Vogt, c'est donc le black-out. Passée l'émotion de la découverte du cadavre de « Noie-tes-puces », la Criminelle reprend ses investigations. Car le temps presse...*

A.B.

# 39

La *Confiserie Martel* est une curiosité carougeoise. Les fins palais y dégustent des petits fours raffinés, et les frileux s'y retrouvent en hiver autour d'une tasse de thé. À la belle saison, la terrasse arrière est un écrin de douceur.

Alix n'avait pas attendu un prétexte professionnel pour prendre goût à la cité sarde. Elle y avait ses habitudes depuis des années. À l'*Olivier de Provence*, elle retrouvait régulièrement des amies de collège. Un rituel né un soir d'hiver, auquel elle ne se dérobait que pour des raisons impérieuses. Avec une amie bijoutière, elle passait de longues soirées à rire, à boire et à dire du mal des garçons, que ce soit au *Bar du Nord* ou au *Chat Noir*. Fille d'un Carougeois haut en couleur, Sophie était en passe de devenir aussi célèbre que son père. Cette bonne vivante tenait une boutique au début de la rue Saint-Victor, l'*Atelier 5*, qui s'était déjà taillé une jolie réputation dans le monde de la bijouterie.

Alix aimait Carouge. Été comme hiver, c'était son havre. Les qualités d'une ville et le charme d'un village, résumait-elle.

Aussi, quand Simon lui proposa de la retrouver chez *Martel*, elle accepta immédiatement. Se persuadant in petto que seul l'intérêt professionnel la rendait impatiente.

Quand on avait choisi ses « petites pièces » dans la vitrine ou sur les divers présentoirs du magasin, on passait dans l'arrière-salle, divisée en deux parties séparées par une voûte centrale et une paroi en fer forgé. Les vitres donnant sur la cour étaient en verre dépoli. À gauche, s'y découpait un écusson genevois en vitrail. Les boiseries étaient cossues et les banquettes couleur crème, ce qui est logique chez un confiseur.

Des appliques jaunes sur les murs en crépi diffusaient une lumière pâlotte. Alix chercha des yeux le commissaire qui devait nécessairement être là avant elle. Elle était souvent en retard et lui, presque toujours en avance...

Il était installé à une petite table dissimulée par le puits trônant au centre de la pièce. L'élément de pierre, bordé de cuivre, était entouré par deux colonnes torsadées sur lesquelles un lierre ambitieux tentait d'atteindre l'ampoule de la lampe rococo en fer forgé qui surplombait le tout.

Le commissaire avait choisi un coin discret. Pas parce qu'il voulait éviter qu'on le voie avec une journaliste – il y avait longtemps qu'il était au-dessus de ça.

Le cœur d'Alix se mit à battre. Il s'était caché là parce qu'il devait lui parler. D'elle ou de l'enquête ? C'est fou comme cet homme lui faisait de plus en plus perdre ses réflexes professionnels.

# 40

Mallaury passait en revue tous les éléments dont ils disposaient jusqu'ici. La récolte était maigre. Il faut dire que le commissaire n'avait pas démarré au quart de tour, comme à son habitude. Mais l'inspecteur devait reconnaître que, depuis qu'ils avaient crevé l'abcès, tout allait mieux.

Il n'empêche qu'ils piétinaient. Le patron ne s'énervait pas encore, comme il le faisait habituellement quand il pressentait l'échec, mais cela ne saurait tarder. Cet après-midi, il avait disparu, un bip dans la poche, sans dire où il allait. Cette échappée solitaire, que d'autres auraient peut-être mal interprétée, était au contraire bon signe pour l'inspecteur. Quand le commissaire se remettait à fureter, l'issue n'était pas loin.

Pour l'heure, la solution s'appelait Martin. L'inspecteur venait de faire irruption dans le bureau, trompetant qu'il avait du nouveau. Il s'arrêta devant un Mallaury éberlué à qui il asséna sans attendre :

– Les empreintes trouvées dans la voiture de Pfund et celles de Jean-Paul sont ri-gou-reu-se-ment les mêmes ! C'est pas beau, ça !

On aurait dit que Martin venait d'arrêter l'assassin en personne !

Mallaury reçut la nouvelle comme une gifle !

– Quoi ? Ce mec, un criminel ? J'arrive pas à le croire.

Martin était déçu.

– Alors ça, comme rabat-joie, tu te poses là !

– Je ne veux pas te décevoir, mais avoue qu'il n'a pas la carrure !

– Je suis d'accord avec toi. Il n'empêche qu'on tient une piste.

– Et le sang trouvé sur le cube ?

Martin accusa le coup.

– Non, ce n'est pas le même. On peut pas tout avoir en un jour.

Mallaury se redressa et remit sa chemise dans son pantalon. Il adorait contrer Martin. C'était une manie, un jeu. Voyant la figure défaite de son collègue, il se fit engageant.

– Allez, ne te mine pas ! C'est déjà bien ! Maintenant, il faut qu'on avertisse le patron et qu'il en parle avec Saint-Ours.

Le téléphone se mit à sonner. Mallaury eut un sursaut.

– Tiens, si ça se trouve, c'est déjà lui !

Il répondit. C'était Inès.

– Excusez-moi, Inspecteur, mais je viens de remettre la main, tout à fait par hasard, sur la carte de l'hôtel où est descendu San Marco. J'ai pensé que cela pouvait vous intéresser…

Le policier s'empressa de tout noter, puis de remercier la jeune femme. Charmante et intelligente… Face à de tels témoins, Mallaury ne regrettait pas d'avoir choisi ce métier. Il répondit au regard interrogatif de Martin en empoignant son téléphone.

– Au moins, le patron ne pourra pas dire que je le dérange pour rien !

# 41

Il avait tout dit d'un coup. Alix n'avait même pas mordu dans son gâteau au chocolat, tant elle avait été prise par le récit de Simon. Quand l'émotion devenait trop forte ou quand elle voulait, par une phrase ou un mot, l'aider dans son discours, il faisait un geste pour demander le silence.

Elle voulait lui dire qu'il n'avait rien à justifier à ses yeux, qu'il ne lui devait rien, mais ne le put pas. Le commissaire conta presque en une seule phrase comment il rencontra Carmen, comme il aima Carmen et comment Carmen disparut. Il avait retenu ses larmes jusqu'aux deux-tiers de son histoire. Elles coulaient à présent sur ses joues, sur la table. Alix se sentait si bête ! Elle avait presque cru à un rendez-vous d'amoureux ! Idiote qu'elle était ! Elle aurait dû savoir que, si l'amour était simple, on n'aurait jamais eu besoin d'en faire des romans !

D'un geste, elle commanda deux cafés supplémentaires. Elle sortit un mouchoir de son sac et le posa sur la table. Simon, en voulant le prendre, lui frôla la main. Leurs yeux se croisèrent. Il saisit son poignet. Ils restèrent là, à se regarder. Combien de temps ?

– Il fallait simplement que tu saches. Sans cette putain d'affaire, je n'aurais peut-être jamais rien dit.

– J'aurais peut-être fini par comprendre.
– T'as cru que je n'aimais pas les femmes ?
– J'ai cru que t'avais peur de moi.
Elle avait dit cela en regardant la table, gênée. Il lui prit le menton et releva son visage vers lui. Il souriait enfin.
– Peur de toi ?
Elle sourit.

Comme il y a un dieu pour les timides, le bip que Simon avait oublié jusque-là se mit à sonner. Mallaury demandait qu'on le rappelle.

Alix se redressa d'un seul coup. Simon, comme éveillé en sursaut, s'essuya le visage avec le mouchoir et se leva pour trouver un téléphone.

Son regard croisa celui d'Alix qui semblait dire comme lui : « Il vaut parfois mieux s'arrêter avant qu'il ne soit trop tard » .

# 42

Cette fois, Roger était appuyé sur le côté droit. Pourtant, il ne se souvenait pas d'avoir réussi à bouger. On avait donc dû le déplacer dans son sommeil. Curieusement, il n'avait plus besoin d'uriner et son estomac ne criait plus famine.

Il avait dormi longtemps, mais d'un sommeil lourd, envahi de cris, de vacarme en tout genre. Il s'était cru au centre d'une fête foraine, pleine de rires d'enfants. Il se voyait ivre de bruit dans un lieu métallique qui résonnait très fort. Dans ses rêves, le public lui faisait face, les gens l'applaudissaient. Mais au moment où il voulait s'avancer vers ses admirateurs et leur serrer la main, une vitre se dressait entre eux et un personnage invisible lui tirait à nouveau les bras derrière le dos. Il avait mal aux poignets.

Comment l'avait-on nourri ? Il était persuadé que quelqu'un était intervenu. Il ne pouvait pas simplement ne plus avoir faim parce qu'il avait rêvé d'un hot-dog mangé sur le coin d'un zinc avec une bière. Pouah ! Lui qui ne jurait que par un bon whisky ou un verre de Bourgogne ! C'est fou comme on devient quelqu'un d'autre lorsqu'on rêve ainsi ! Lui qui préférait ne pas manger du tout plutôt que de mal manger, le voilà qui fantasmait à présent sur un autre hot-dog ! À la réflexion, c'était le geste qui lui plaisait :

avoir les bras libres et ramenés devant lui. Là, ils étaient toujours liés dans son dos, et c'était inconfortable !

On devait le droguer, car il n'avait jamais eu autant de peine à ouvrir les yeux.

Un bruit mécanique le sortit soudain de sa torpeur. La porte ? Et s'il y avait quelqu'un tout près de lui ? Il essaya de crier. Aucun son ne sortait de sa bouche. Depuis combien de jours n'avait-il pas parlé ?

Impossible de rester ainsi. Si quelqu'un pouvait l'entendre, il fallait tout tenter. Des minutes qui lui parurent des heures lui furent nécessaires pour se glisser sur les fesses et chercher un objet de ses mains attachées. Ce qu'il trouva était en métal, c'est tout ce qu'il put définir. Il s'en empara lentement, ses doigts étaient ankylosés. Avec lenteur et la force qui lui restait, il frappa plusieurs fois sur le sol et contre le mur. L'engin émettait un bruit sourd. La pièce dans laquelle il se trouvait devait être immense, car cela résonnait beaucoup.

Les coups se succédèrent pendant un long moment. À chaque élan, Roger prenait son souffle, y mettait toute ses forces.

En vain. Après un moment, il abandonna. Il n'allait pas tarder à se rendormir, sans aucun doute. Il voulut revenir où il était, pour qu'on ne se méfie pas. En chemin, il s'effondra. Sa joue atterrit sur le sol frais. Du carrelage ! Il serait donc dans une cuisine ! Cela expliquerait les bruits d'eau, mais pas l'absence de tout autre son.

Quand le cauchemar allait-il se terminer ? Il n'avait pas l'énergie nécessaire pour chercher des réponses. À bout de forces, il s'endormit.

# 43

Il avait longuement ressassé sa rancune. Ainsi, ils tenaient Roger et obtiendraient certainement de lui qu'il dessine pour eux les coupures de 100 000 lires dont ils avaient besoin. C'était le billet qui s'écoulait le mieux sur le marché italien. Il y avait longtemps qu'on parlait de dévaluation, mais les choses allaient lentement. Avec une bonne plaque de 100 000 lires, ils en auraient encore pour un moment.

Il devait donc retourner à Milan. C'est certainement là qu'ils avaient emmené Roger. Et ils devraient compter avec lui. Marco di San Marco ne se laisse pas faire comme ça !

L'Italien entreprit de boucler ses bagages. Dans une mallette spéciale, il rangea tous les billets de 50 francs français qu'il avait acquis récemment. Repensant aux éventuels faussaires français dont les journaux avaient parlé, il s'énerva : toute une équipe de gâche-métier ! On ne peut pas reproduire grossièrement le travail de Roger. On n'en a pas le droit ! L'idée était de moi. C'était mon projet ! Je voulais l'entraîner en Italie sous prétexte de faire faire un buste de lui et pour prendre le temps de le convaincre. Un homme comme lui avec un malin comme moi, cela aurait donné un duo d'enfer ! Avec tous ces événements, Giuseppe revenait de plus en plus souvent. San Marco, qui avait tant cherché à l'éliminer, ne trouvait finalement pas désagréable d'avoir cette petite crapule à disposition.

À Milan, il saurait où trouver Roger. Là, il avait ses marques. À Genève, il n'était qu'un étranger. Il voyait très bien qu'on l'observait de biais, parce qu'il avait des manières raffinées que ces « paysans de Suisses » ne pouvaient pas comprendre. Plus vite il serait de retour à la maison, plus vite il pourrait mettre en route ses vrais projets.

Et moins la police lui réclamerait des comptes...

Soudain, on frappa à la porte. C'était certainement le chasseur qu'il avait fait appeler pour porter ses bagages.

Il n'eut pas le temps de réagir : un homme le tenait, un autre pointait son arme sur lui. On lui fit signe de reculer. On referma la porte. L'Italien tenta de se débattre. Il bégaya :

– Qui... qui êtes-vous ?

– Police, Monsieur San Marco.

– Di San Marco, per favore.

– Monsieur Di San Marco, nous avons quelques questions à vous poser.

– Qui me prouve...

– Voici nos cartes. Je suis l'inspecteur Mallaury et voilà l'inspecteur Calame, là, derrière le pistolet.

– Pourquoi oune arme ? Qué mé voulez-vous ? (Il valait mieux avoir l'air de ne pas comprendre.)

– Pas besoin de forcer votre accent, Monsieur San Marco... enfin, si c'est votre nom.

– Et pourquoi pas ?

– Peu m'importe d'ailleurs, coupa Mallaury. Nous allons nous asseoir dans ces fauteuils, je crois que vous trouverez cela plus élégant, non ?

San Marco ne répondit pas. Il tentait de défroisser les manches de sa veste que le policier avait maltraitées.

– Vous ne verrez pas d'inconvénients à ce que mon collègue garde son arme ? Nous vivons dans un monde dangereux. (Puis, avisant la plaie de San Marco à la tête :) Je vois que vous êtes blessé, cher Monsieur. Que vous est-il arrivé ?

– Rien de spécial. Je me suis tapé la tête.

Il avait renoncé à prendre un accent exagéré, cela ne lui allait pas. Même en italien, il avait adopté un petit accent français qui faisait fureur dans la bonne société.

– Il y a longtemps ? demanda Mallaury comme s'il parlait à quelqu'un qu'il fallait calmer à tout prix.

– Quelques jours. Mais je doute que la police s'intéresse à mon état de santé.

– Mais détrompez-vous, cher Monsieur. Quand vous nous suivrez dans nos bureaux, vous aurez même droit à un examen général approfondi qui nous rassurera complètement.

– De quel droit me parlez-vous comme ça ?

– Comment dois-je vous parler ?

– Normalement, sans vous foutre de moi.

Mallaury se braqua.

– Bien mon gars, alors on va parler clairement : Roger Pfund, tu connais ? (Ce disant, il avait saisi le menton de l'Italien qui détourna la tête.) Je vois que oui. Eh bien, Roger Pfund a disparu, figure-toi ! Et nous, on pense que tu sais où il est. Est-ce que je me trompe ?

– Complètement ! Comment voulez-vous que je le sache. Je suis désolé pour Monsieur Pfund, mais je ne sais rien.

– Heureux de voir que tu es désolé pour lui. C'est déjà pas mal. Surtout que t'es sans doute le dernier à l'avoir vu vivant...

San Marco tenta de feindre la surprise.

– Il est mort ?

– Non, pas qu'on sache. Et tu aurais intérêt à ce que cela ne lui arrive pas !

– Je ne vois pas comment...

– On t'expliquera tout ça chez nous. Pendant ce temps, tu ne bouges pas, tu continues à regarder mon collègue, et moi je fais un tour dans tes affaires. OK ?

– Ai-je vraiment le choix ?

– Non.

Mallaury s'exécuta. Il vida grossièrement la valise que San Marco venait d'arranger avec méthode. L'Italien en eut un haut-le-cœur, mais resta dans le fauteuil. Tout à coup, Mallaury se mit à siffler. Il revint vers le coin salon avec une petite mallette dans les mains.

– Mais dis-moi, t'es très riche !

– Voyons, inspecteur, ce sont des billets de 50 francs...

– Des 50 francs français, oui, je vois. Tout neufs, en plus ! Tu les fais fabriquer où ?

– Je vous demande pardon ?

– Tu me reprochais de me foutre de toi, mais il ne faudrait pas inverser les rôles, je n'aime pas ça du tout.

– Je ne vous comprends pas.

– On t'expliquera aussi plus tard. Oh, mais je vois que Pfund t'intéresse beaucoup ! Documentation, bouquin... tu prépare un exposé pour l'école ?

– Je n'ai pas à vous répondre.

– On verra bien si tu seras plus loquace dans nos bureaux. On t'embarque ! Tu finiras bien par craquer, va.

Calame n'avait strictement rien dit depuis son entrée dans la pièce. Il en était convenu avec Mallaury. C'était une méthode qu'ils avaient souvent utilisée. L'un ou l'autre passait pour le méchant ou le flic compatissant suivant la tournure de l'entretien. Là, l'homme paraissait si buté qu'aucun subterfuge n'avait été nécessaire.

On reprendrait tout à zéro à Carl-Vogt.

# 44

L'assemblée des commerçants des Halles était toujours un moment difficile pour Jean-Marcel. Quand il avait accepté la charge de délégué, il ne s'était pas imaginé que ce poste réclamerait de lui autant de diplomatie.

La veille, la réunion avait duré jusqu'à minuit. Ils s'étaient installés dans le patio, chacun fournissant une partie de la verrée qu'ils avaient partagée à la fin. Tout le monde avait égrené ses satisfactions comme ses doléances, la seconde partie prenant toujours plus de temps que la première.

Jean-Marcel était à présent mandaté pour discuter avec la gérance et les propriétaires. Entretemps, il devait dialoguer avec l'équipe de chez Pfund. Il fallait absolument trouver un modus vivendi pour l'entreposage de matériel. Peut-être pourrait-on leur louer une ou deux échoppes encore vides ? Il faudrait pour cela trouver les clés qui manquaient. Le boucher avait été pris à partie, puisque locataire d'un demi-stand dont l'autre moitié était inoccupée. C'était la clé de ce local qui avait disparu. La tenancière du bar avait regretté que le boucher fasse tenir son stand à tous moments par des copains, ce qui avait énervé le vendeur de côtelettes. Il avait vertement rétorqué que, sans ses amis, le petit bar ne ferait jamais le plein de monde. Les deux locataires s'étaient ainsi empoignés pendant quelques minutes. On ne retrouva pas les clés pour autant. Finalement, le boucher promit de les chercher. Il en profita pour manifester son mécontentement à propos des vols fréquents qui avaient lieu la nuit.

– S'il faut s'habituer à bloquer le verrou en position ouverte lorsque nous allons et venons pendant les heures d'ouverture, nous devons nous discipliner à fermer les portes quand nous partons.

Cette fois, ce fut la fleuriste qui se sentit visée. Elle était fréquemment la dernière à quitter les lieux.

– Si je dois faire une tournée avant de partir, je réclame une indemnité de conciergerie.

Sa remarque fit rire. Jean-Marcel, pourtant, y donna suite.

– Nous sommes tous co-responsables de la sécurité. Surtout si nous laissons de la marchandise sur place. Néanmoins, il ne faut pas oublier que d'autres personnes utilisent ce passage.

– Illégalement ! cria la barmaid.

– C'est vrai, reprit Jean-Marcel, il ne s'agit que d'une convention tacite. Mais tant que l'arrière-cour peut leur servir de parking, avouez qu'il serait peu courtois d'exiger qu'ils fassent le tour !

– OK, répondit la tenancière du bar en pleine forme. Mais alors qu'ils fassent gaffe ! Il faut le leur rappeler.

Tous les regards se tournèrent vers Jean-Marcel. D'abord surpris, puis agacé qu'on l'abandonne à son sort, il décida finalement de faire face et lâcha, comme découragé :

– C'est bon. Je vais aller leur parler.

C'est pour cela qu'il était en train d'escalader les marches conduisant à l'atelier. Il dut attendre pour parler à Annick.

Il préférait s'adresser à elle, parce qu'il la connaissait depuis longtemps.

Il bredouilla la raison de sa visite. Annick résuma pour lui sur un ton énervé :

– Vous nous reprochez de ne pas fermer la porte ! N'êtes-vous pas en train de me dire que nous sommes responsables des vols commis dans vos boutiques ?

– Non, vous exagérez tout de suite. Croyez bien que cette démarche ne me plaît pas, mais admettez que cela pose un problème. Nous avons déjà des frais énormes avec des problèmes électriques, alors si nous pouvions nous en épargner d'autres…

– Je comprends. Mais je ne peux pas accepter que vous nous mettiez tout sur le dos. Nous sommes cinq – avec Roger – à avoir la clé du bas. Nous prenons tous soin de fermer la porte de la cour, je peux vous l'assurer.

– Samedi dernier, par exemple, le loquet était mis en position « automatique ». On pouvait donc ouvrir depuis l'extérieur. Le matin, nous le mettons toujours sur « bloqué » pour ne pas avoir à utiliser notre clé ni la poignée à chaque passage.

Annick réfléchit quelques instants.

– Vous dites samedi ? Mais c'est impossible ! Vendredi, c'est moi qui suis partie en dernier. (Son visage s'assombrit subitement.) C'est d'ailleurs la dernière fois que j'ai vu Roger…

Jean-Marcel était confus. Ce n'était pas le bon moment pour déranger ceux de l'atelier, il aurait pu y penser…

– Désolé. Je n'aurais pas dû…

– C'est pas grave. Mais vous voyez, on ne peut pas accuser Roger non plus, ses clés sont encore dans la cuisine.

Jean-Marcel fit un geste disant « Oubliez tout ! ».

– Écoutez, dites à vos collègues de faire un peu attention. Moi, je demanderai aux commerçants d'être également plus vigilants.

Il serra la main d'Annick et se dirigea vers la porte. Subitement, il se retourna.

– Oh, encore une toute petite chose : quand donc débarrasserez-vous les panneaux publicitaires du fond ?

Annick soupira.

– Un de ces jours. Vous êtes vraiment emmerdants... dites plutôt à vos gens d'arrêter de faire du bruit...

Jean-Marcel était vexé.

– Le commerce en silence, c'est difficile.

– D'accord, alors priez votre boucher de casser ses côtelettes à l'aube, quand on n'est pas là, et non le soir quand on bosse !

Vaincu par la tristesse et la fatigue qui se lisaient dans les yeux de la jeune femme, le maraîcher battit en retraite.

– Je transmettrai.

Et il disparut.

« C'est vraiment le moment de nous emmerder avec ces panneaux », maugréa Annick en se levant pour prendre un dossier.

## 45

Le juge Saint-Ours referma la fenêtre. Il avait pris l'air pendant quelques instants après une audience pénible avec deux inculpés particulièrement retors. Deluz, son greffier, avait préféré une pause-café au *Bar aux Maîtres* de l'autre côté de la rue.

En voyant clignoter son téléphone, il eut envie de ne pas répondre. Certains jours, il n'avait plus la foi. Malgré tout, il empoigna le combiné.

– Salut, c'est Norbert.

– Ah, Simon ! Je n'osais plus y croire !

– Quoi, ça râle en haut lieu ?

– Non, pas vraiment, mais la Chambre d'accusation a prolongé la détention préventive de Jean-Paul Machin du bout des lèvres. J'avais pas trop d'arguments. Heureusement, j'avais eu l'occasion d'expliquer l'affaire au substitut du procureur ! Les juges ont suivi. Mais ils n'ont prolongé que d'une semaine. Si on n'a rien de solide d'ici lundi prochain, je serai obligé de le sortir.

– Rassure-toi, on a ce qu'il faut. Non seulement les empreintes retrouvées dans la voiture sont bien celles dudit Jean-Paul, mais j'ai même un deuxième suspect.

Simon avait tout résumé à Saint-Ours. Les rapports d'audition de San Marco et du laboratoire suivraient dans la journée. En attendant, le magistrat voulait annoncer la grande nouvelle à Marie-Anne Widmer, procureure de la République.

La veille, elle lui avait justement reproché quelques dossiers « pleins de vide » selon son expression. Jacques Saint-Ours, un pilier du Palais de Justice, Président du Collège des juges d'instruction, supportait mal les remarques acerbes de la jeune femme, surtout quand il les trouvait justifiées !

Le juge avait confiance en Simon. Dans ce dossier plus que dans n'importe quel autre, il savait que le commissaire mettrait un point d'honneur à retrouver Pfund et à arrêter les coupables. Par le passé, ils avaient souvent œuvré main dans la main. Saint-Ours avait pour son ami un respect hors du commun. Il ne l'avait jamais dit au commissaire. Celui-ci ne goûtait pas les compliments, comme tous les gens sensibles. Ça le mettait mal à l'aise.

Une fois de plus, le juge s'en remettait totalement au policier. Mais il devait à la franchise de reconnaître que ça n'allait pas vite.

En franchissant la porte vitrée du Parquet, il lança un salut joyeux aux secrétaires. Quand le juge se fut éloigné, la plus âgée d'entre elles affirma :

– Lui, il a une bonne nouvelle ! Je peux vous dire que ce genre de gaieté n'est pas dans ses habitudes !

## 46

Simon avait décidé de laisser un peu mariner l'Italien dans la cage. La promiscuité avec une ou deux autres mauvaises têtes lui mettrait peut-être les idées à l'endroit.

Quand Martin vint le sortir de sa prison, San Marco était plutôt « chiffonné ». Cela suffirait peut-être à le convaincre.

Simon tenta de démarrer en s'adressant à son interlocuteur avec franchise.

– Monsieur San Marco, je vous prie d'excuser cette attente. Je suis le commissaire Simon, le chef de cette brigade criminelle. Savez-vous pourquoi vous êtes ici ?

L'Italien avait l'air moins buté qu'à son arrivée à l'Hôtel de Police. Il paraissait même affaibli. La « mise en cage » aurait-elle fait son effet ?

– Pas exactement, Monsieur le Commissaire. Mais votre inspecteur m'a dit que Monsieur Pfund avait disparu.

– Vous ne le saviez pas ?

– Il me semble avoir aperçu quelque chose dans le journal.

– C'est curieux qu'un fanatique de Roger Pfund comme vous n'ait pas été sensibilisé par les manchettes des journaux...

– J'avais la tête ailleurs, sans doute.

S'il paraissait mou au début de l'entretien, San Marco était à présent comme blasé, désintéressé. Simon sentit en lui un chatouillement qu'il connaissait bien. Martin et Mallaury, qui assistaient à la scène, ne bougeaient pas. Calame viendrait les rejoindre dans un moment. Il attendait des contacts d'Allemagne et d'Italie.

– Si je vous comprends, cette affaire vous indiffère ?

– Non, je ne dirais pas cela, mais je ne peux pas non plus m'occuper de tout…

Le comte de San Marco oubliait qu'il se trouvait dans un poste de police, un endroit où, en général, il vaut mieux ne pas dire n'importe quoi. Simon se laissait encore un peu de temps avant de le lui faire comprendre.

– Soit. Mais vous étiez bien dans son atelier l'autre soir ?

– Je ne sais pas exactement de quel soir vous parlez…

– Allons, faites un effort ! Est-ce le coup à la tête qui vous handicape de la sorte ? Est-ce dans l'atelier Pfund que vous vous êtes blessé ?

– Ce n'est rien d'important. Je n'ai pas mal.

– Vous me voyez rassuré, répondit Simon sur un ton douceâtre. Mais j'aimerais quand même savoir où vous vous êtes cogné la tête.

– Je… ne sais plus.

Le Milanais avait haussé les épaules en disant cette phrase. Une fraction de seconde plus tard, Simon était devant lui, penché sur son fauteuil et une main sur chaque accoudoir.

– Le temps de patience qu'on vous accordait est écoulé, Monsieur San Marco ! En français, ça veut dire qu'on arrête de jouer et de nous prendre pour des imbéciles.

San Marco ne bougeait pas. Il ne dit rien. Ce genre de réaction du commissaire contre un suspect générait en principe un sursaut. L'Italien semblait absent. San Marco s'ennuyait, il détestait cela. Simon, un peu déstabilisé par cet homme, changea de sujet.

– Que faisaient tous ces billets de 50 francs français dans la valise ?

– Je suis riche et je collectionne les billets de banque. Je ne crois pas que ce soit un délit.

– Sauf qu'en principe, on ne collectionne pas des dizaines d'exemplaires d'un même billet. Pourquoi se promener avec tout ça ?

– J'aime avoir de l'argent liquide.

– Mais c'est de l'argent français ! Il ne vous sert à rien ici !

L'Italien leva les yeux au ciel.

– Enfin, Commissaire, vous cherchez quelque chose de trop compliqué : j'ai profité de mon séjour à Genève pour acquérir en France voisine une grande quantité de billets français neufs. Ici, c'est facile, on passe la douane et on revient. De chez moi, à Milan, il faut faire beaucoup plus de kilomètres pour trouver une banque française. J'ai des amis qui, comme moi, collectionnent les billets. Et puis ces coupures signées Pfund vont prendre de la valeur dans les circuits de collection. Ce sont des œuvres d'art. Je ne crois pas que vous comprenez cela !

San Marco perdait un peu pied.

– Je me suis laissé dire, reprit Simon doucement, que vous étiez un collectionneur assidu des créations de l'atelier Pfund.

– Roger Pfund est un génie. Lorsqu'on a la chance d'en côtoyer un, il faut savoir entrer dans l'histoire avec lui.

– Cet amour fou remonte à quand ?

– Nous nous sommes connus chez *Cassina*, à Milan. Il y a deux ou trois ans.

– Depuis, vous le suivez partout ?

– J'essaye. Je tente surtout de faire connaître sa carrière et ses idées à tous les érudits qui partagent ma passion de l'art.

– Monsieur Pfund vous connaît ?

– Bien sûr ! Il apprécie mon goût pour les belles choses.

– Mais, ces derniers temps, vous n'avez pas eu l'impression qu'il se détachait de vous ?

Giuseppe Bambolino, absent au début de la discussion, venait de se réveiller. Il répondit brusquement.

– Pas du tout ! Qui vous a dit ça ?

– Il semble que vous n'étiez plus persona grata à la rue Vautier…

– Vous dites n'importe quoi ! J'ai toujours été le bienvenu. Roger Pfund aimait avoir mon avis sur différentes créations.

La voix de Simon devenait suave.

– Il prenait conseil auprès de vous ?

– Plus souvent que vous ne le pensez !

– Dans ce cas, et en tant qu'ami de Pfund, auriez-vous une idée de l'endroit où il se trouve ? Peut-être vous a-t-il parlé ?

Giuseppe se souvint du coup à la tête, des mots durs du graphiste et du coup de fil qu'il avait lancé en revenant à l'hôtel. Il fallait tenir. Ne pas dénoncer les autres. Il voulut parler lentement, mais la phrase sortit très rapidement.

– Je ne sais rien.

Simon avait perçu l'angoisse. Le poisson commençait à être ferré. Il fallait prendre son temps. Par chance, Calame entra dans la pièce, offrant une pause bienvenue. Comme une publicité à la télévision en plein suspense. L'Italien était mal à l'aise, on allait le laisser comme ça un bon moment. On le ramena à sa grille.

Dans le bureau, Simon et ses trois inspecteurs s'installèrent autour de la table. Calame s'autorisa un premier commentaire puisqu'il avait déjà lu le document.

– Vous verrez, c'est loin d'être décevant.

Simon feuilleta rapidement le dossier.

– Allez-y, résumez-nous ceci.

– Bien, Patron. Tout d'abord, le sang retrouvé sur le cube en métal correspond tout à fait à celui de « San Marco » ; c'est déjà une chose. Ensuite, j'ai tardé parce que j'avais l'Allemagne au bout du fil. À ce propos, rien d'intéressant, nous y reviendrons à la fin si vous le souhaitez. Avec l'Italie, en revanche, j'ai passé beaucoup de temps. J'ai joint quelques fax au dossier. « San Marco » n'a strictement rien de noble. Il s'appelle en réalité Giuseppe Bambolino. Nettement moins chic. Il est originaire des Pouilles, d'une famille de douze enfants, avec une enfance apparemment sans problème...

– Mais, relança Simon...

– Exactement, vous avez compris. Il y a un « mais ». Très tôt, le jeune Bambolino eut affaire à la police. Les délits qu'on lui reprochait étaient sans gravité. Mais le garçon se refermait toujours plus sur lui-même. Un jour, il disparut. Je ferais peut-être mieux de vous dire que l'essentiel du dossier de la police italienne est fait de rapports médicaux. Car c'est le principal problème de notre homme. Giuseppe Bambolino – di San Marco et Dieu sait quels autres noms encore – est ce que l'on appelle un mythomane. Quelques médecins sont arrivés à cette conclusion après s'être entretenus du cas de ce garçon finalement pas plus mauvais que quiconque. Bambolino souffre en réalité d'un complexe « du mauvais garçon ». Les délits qu'il s'imputait étant jeune se sont révélés être le fait d'autres personnes. Dans sa vie, ce fut le cas partout où il passait. On a retrouvé sa trace dans toute l'Italie. C'est même très curieux. Partout où il s'est arrêté, des gens évoluant autour de lui ont eu des accidents mystérieux, voire une mort violente. Mais à chaque fois, on a arrêté le responsable qui a avoué. Bambolino n'y était donc pour rien. Pourtant, il avait pris la fuite, comme un coupable. C'est un phénomène passionnant, disent les médecins. En réalité, il s'agit d'un homme qui n'a rien à se reprocher et qui vit comme un fugitif.

– En résumé, il est fou ?

– Oui et non. Il vit dans son propre monde, il a changé maintes fois de nom, il s'invente des passés différents à chaque étape. Mais il n'est pas vraiment dangereux pour la société.

– Et sa fortune ? Il ne l'a pas inventée !

– Non, répondit Calame, c'est le plus comique de tout : Bambolino a une chance incroyable. Il a vraiment hérité d'un ami, un vieux médecin d'Émilie-Romagne qui s'était passionné pour son cas. Il avait fait de Bambolino son légataire universel, et il possédait beaucoup de biens. Là-bas, tout le monde s'est souvenu de l'étrange attitude qu'il avait eue au moment du décès de son ami. Il avait encaissé l'argent au plus vite, puis avait disparu. Le plus drôle, c'est qu'il s'est toujours cru très malin puisque la police ne venait jamais le prendre. Peut-être souffre-t-il d'un complexe de persécution ou quelque chose d'approchant. En même temps, il est capable de passions dévorantes pour certaines personnes qu'il va se mettre à haïr s'il se sent abandonné.

C'est ce qui s'était passé avec le vieux monsieur. Ce dernier, malade et impotent, n'arrivait plus à s'occuper de lui. Bambolino en a conçu une haine terrible pour son ancien protecteur. Et quand il est mort, Bambolino s'est persuadé qu'il était parvenu à le tuer. C'est vraiment bizarre. Jusqu'ici pourtant, il n'a fait de mal à personne. D'après les médecins italiens qui l'ont approché, il n'est pas dangereux. Mais ils ignorent comment la maladie peut évoluer.

– Pourtant, les employés de chez Pfund l'ont entendu proférer des menaces, insista Mallaury.

– Oui, répondit Calame, ça fait partie des symptômes que les Italiens ont constatés. Il a souvent parlé d'amis mafieux, mais sans que personne ne puisse confirmer ses dires. Il monte des scenarii dans sa tête et y croit dur comme fer. Souvent, ses histoires sont étayées par des rêves. Il croit beaucoup à des visites nocturnes pour cette raison. C'est comme un dédoublement de la personnalité, semble-t-il, mais où l'un et l'autre savent très bien ce qu'ils font ensemble.

– Alors, que va-t-on faire de lui ?

– Rien, car on n'a pas de preuve de délit, répondit Simon. Mais en attendant, il a vu Pfund le vendredi soir. Ils se sont battus. On ignore si Pfund était vivant quand ils se sont quittés. C'est là-dessus qu'il va devoir s'expliquer. Le reste m'est égal. Allez le chercher.

San Marco laissait Giuseppe prendre le devant de la scène. Quand il y avait un combat à mener, l'homme des Pouilles était plus résistant. C'est donc lui qui entra en premier dans la salle. Il regarda les policiers l'un après l'autre. Ils n'avaient plus du tout à son égard la méfiance qu'ils affichaient tout à l'heure. Ils l'invitèrent à s'asseoir avec amabilité. Ils ont compris à qui ils ont affaire ! se dit Giuseppe. Le chef s'avança pour s'asseoir en face de lui.

– Monsieur San Marco, puis-je vous appeler Giuseppe, entre nous ?

Simon avait tenté le tout pour le tout.

– Heu... oui, si vous ne le répétez pas.

– Promis, cela restera entre nous. Giuseppe, vos amis nous ont demandé de vous laisser tranquille, et je crois préférable de leur obéir.

L'Italien cachait mal sa joie.

– Vous avez réussi à les joindre ?

– Non, ce sont eux qui nous ont appelés en apprenant votre arrestation.

Giuseppe s'adoucit.

– Vous savez, ce ne sont pas de méchants garçons...

– Certainement. Nous voulons bien vous croire. Alors, nous allons vous remettre en liberté et vous laisser vous reposer.

L'Italien allait se lever.

– Mais attendez, poursuivit Simon. Nous avons seulement besoin de votre aide sur deux ou trois points. Si vous le permettez.

– Allez-y.

Les trois inspecteurs se mordaient les lèvres pour ne pas rire. Simon possédait des dons de comédien extraordinaires. Ce type était complètement fou ! Il fallait beaucoup de caractère pour tenir en face de lui sans éclater.

– Nous avons besoin de savoir ce que vous avez vu dans l'atelier...

Giuseppe se renfrogna. Peut-être revoyait-il la scène ?

– Quand je suis arrivé, il était avec quelqu'un. Un grand gars pas raffiné. Qui est d'ailleurs parti quelques instants après.

– Ensuite, que s'est-il passé ?
– Roger et moi avons parlé.
– Peut-on savoir de quoi ?
– D'un projet artistique que nous avions en commun.
– Puis-je vous demander qui vous a blessé à la tête ?
– Un projectile, lancé par Roger.
– Pourquoi ? demanda Simon que le jeu amusait de moins en moins.
– Parce que nous n'arrivions pas à nous mettre d'accord.
– Soit. Mais je crois savoir que Roger Pfund est un être pacifique, comment expliquer qu'il ait agi de la sorte ?
– Il a cru que je le menaçais. Il redoutait mes amis.
– Après le coup, qu'avez-vous fait ?
– Je suis rentré à l'hôtel et j'ai appelé mes amis. J'avais prévenu Roger, mais trop c'est trop. Maintenant, tout cela ne dépend plus de moi. Ils vous ont dit s'ils détenaient Roger ?
– Oui. Ne vous inquiétez plus de rien. Rentrez à Milan.
– J'avais prévu de reprendre le train demain.

Quand San Marco partit avec Martin qui avait été chargé de l'accompagner à la clinique psychiatrique de Belle-Idée, où il resterait à la disposition de la police jusqu'à la fin de l'enquête, les policiers se regardèrent en silence. Calame, le premier, reprit la parole.
– C'est encore pire que ce que je pensais.
– Comment peut-on laisser un type comme ça en liberté ? demanda Mallaury.
– Parce qu'il n'est pas dangereux. Il rêve plus qu'il ne vit. Regardez cette histoire de téléphone : nous avons le relevé de l'hôtel. Monsieur San Marco n'a passé aucun coup de fil depuis son arrivée, sauf trois à l'atelier Pfund. Il n'a de contacts avec personne, il est même très seul.

– C'est pathétique, conclut Calame.

– Pathétique, reprit Simon, pensivement.

Le curieux personnage avait laissé dans l'air une gêne perceptible, un malaise. Les policiers s'assirent à nouveau en silence autour de la table de conférence. Simon se tourna vers Calame.

– Que disent les Allemands ?

– Notre suspect a été trouvé du premier coup. C'est un idéaliste complet, mais un type bien. Il a en tout cas fourni un alibi en béton. Il n'a pas quitté son pays depuis des mois, car il doit suivre un traitement médical qui nécessite des visites régulières à l'hôpital. Tout ça a été vérifié. R.A.S.

Simon frappa du poing sur la table.

– Pas d'Allemand, pas d'Italien (il leva les yeux au ciel en désignant la porte par laquelle San Marco avait quitté la pièce), il me reste quoi ? Un pseudo tsar russe de pacotille ? Ça ne va pas, Messieurs, il faut me trouver autre chose !

– On n'a rien sur les commissions rogatoires pour fausse monnaie ? demanda Calame. Le SRPJ de Lyon a rappelé ? Ils n'ont vraiment rien sur ces faux Saint-Exupéry ?

– Rien, Messieurs, on n'a rien ! Pfund a disparu depuis plus d'une semaine ! Dans quelques jours, on va avoir la presse sur le dos, après ce sera les députés, vous savez comme moi qu'il y en a toujours pour se servir d'affaires de ce type pour relever « l'incompétence de la police », et nia nia nia… Je ne peux pas admettre ça ! Il faut reprendre à zéro. Envoyez-moi à nouveau du monde dans tout le quartier. On refait les enquêtes de voisinage. Mallaury, tu prends contact avec les confrères de Saint-Julien, tu leur dis qu'on veut le résultat de la perquisition à la maison de campagne de Pfund, sinon on y va seuls. C'est pas sorcier ! Moi, je retourne à l'atelier. Je nous donne encore trois jours !

# 47

Quand une main inconnue lui arracha des cheveux en défaisant son bandeau, Roger sortit de sa torpeur. Immédiatement, la lumière d'une lampe de poche attaqua ses pupilles, l'empêchant de voir quoi que ce soit.

Une voix suave s'éleva quelque part dans la pièce.

– Alors, Roger, c'est la pleine forme ?

– Qui êtes-vous ? répondit Roger en cherchant à soustraire son visage de la lumière.

– Je suis la personne qui te nourrit et te fait boire depuis plus d'une semaine, tu pourrais me dire merci !

Plus d'une semaine ! Comment était-il possible qu'il ait dormi si longtemps ? Et comment se pouvait-il qu'il ne se souvienne pas avoir ingurgité quoi que ce soit ? Il savait qu'il s'était réveillé souvent, qu'à chaque fois, il avait tenté d'appeler au secours et de frapper sur le sol avec l'objet qui était toujours au même endroit, mais il ne se rappelait pas avoir mangé.

Et cette voix ! C'était celle d'un homme, pas de doute. Mais elle était étouffée. Il lui semblait toutefois la connaître. Ce n'était pas une voix familière, mais connue. Un ami, un client ?

– Qui êtes-vous ?

– Tu vois comme tu es ingrat ! Pas même capable de me reconnaître les yeux grands ouverts !

– Avec cette lampe…, se défendit Roger.

– Cette lampe, elle est là pour t'aider à voir le papier que tu vas signer.

– Signer quoi ?

– Ça ne te regarde pas. Tu vas signer, c'est tout. Après, tu boiras ton café.

Le graphiste avait bien perçu une telle odeur, mais n'osait y croire. L'idée lui avait arraché un petit sourire.

– Tu vois ? Tu souris. Alors si tu veux ton café bien sucré, tu vas signer.

– J'ai horreur du café sucré.

– Eh bien, celui-là est sucré, tu le boiras comme ça. Je vais te détacher les mains, mais tu vas rester bien sage. Tu ne peux pas le voir, mais il y a un flingue braqué sur toi. Au moindre geste, je tire.

– On risquerait de vous entendre, rétorqua Roger, provocateur.

– Non, car à cette heure-ci, il n'y a personne alentour. Maintenant je te détache.

À peine libre, Roger fit des moulinets avec les mains et les bras. Son corps n'était qu'une grande douleur. Son geôlier poussa une feuille de papier devant lui.

– Pourquoi voulez-vous que je signe cela ?

– Parce que tu veux sauver ta peau. Pour cela, tu te fous bien de me léguer toute ta fortune.

L'éclat de rire de Pfund résonna si fort que l'autre sursauta.

– Eh bien, qu'y a-t-il de drôle ?

L'homme avait eu un mouvement violent. Roger devina l'arme en face de lui. Il se reprit très vite.

– Je n'ai absolument rien à léguer ! Si ça se trouve, il y aura plus de dettes que de valeurs lorsque je casserai ma pipe !

– Tu te fous de moi !

– Non. La meilleure preuve que je vous respecte, c'est que moi, je ne vous tutoie pas.

– T'as qu'à me tutoyer si ça t'aide...

Roger crut sentir un affaiblissement dans la voix de son agresseur. Il devait l'amener à la raison. Il prit sa voix la plus douce.

– Écoutez-moi : il n'est pas utile de nous déchirer comme ça. Je ne sais pas qui vous êtes, mais je sais que je vous aurais sans doute aidé si vous étiez venu me voir dans d'autres circonstances. Je crois que là, vous faites une très grosse bêtise.

Le calme apparent de Roger n'avait pas produit l'effet escompté.

– C'est ça, rabaisse-moi encore une fois. C'est fou ce que tout le monde me prend pour un con ! (Cette voix, il connaissait cette voix !) Bien, puisque tu ne veux pas signer ce papier, tu n'auras plus rien à manger jusqu'à ce que tu signes. Tu finiras bien par te décider. Maintenant avale ça !

Dans le halo de lumière, Roger vit apparaître un gobelet un peu fumant.

– Je vous ai dit que je n'aimais pas le café sucré.

– J'en ai rien à foutre, tu bois ça. Sinon, tu ne boiras plus jamais rien.

Le café était très sucré. Roger ne comprit pourquoi qu'une fois la mixture avalée : on avait ainsi dissimulé l'amertume qui se cachait dans le breuvage. On le droguait ! Cette fois, il en avait la certitude. Il allait donc dormir à nouveau ! Et jusqu'à quand ?

L'homme lui remit le bandeau sur les yeux et lui ligota à nouveau les mains dans le dos. Pendant la manœuvre, Roger tenta de voir à qui il avait affaire. Mais l'individu portait une cagoule qui cachait une bonne partie de son visage.

Il se raidit. Le temps d'un flash, il revit ce grand homme cagoulé de noir qui avait déboulé dans son atelier, arme à la main ! Il se souvenait maintenant ! Très vite, l'image s'estompa dans son esprit. Il ne retrouvait pas le fil de ses pensées.

Fort pourtant de ce bref souvenir, il décida de rester prudent : rien ne disait que là, dans le noir, un autre homme n'était pas en train de le viser. Mieux valait filer droit.

Quand il fut certain que la porte était refermée, il respira profondément. Combien de temps peut-on supporter de fortes doses de médicaments ? Jusqu'où irait son bourreau ? Qui pouvait bien en vouloir à ce point à son argent ? L'idée, à nouveau, le fit sourire : qu'on l'enlève pour cela confinait à l'absurde, véritablement. Lui qui savait si bien dessiner des billets pour les autres, il n'en avait jamais beaucoup sur lui ou sur ses comptes en banque !

Il lui semblait que la température ambiante fraîchissait. Il se souvenait que la météo n'était pas clémente, ces derniers temps. On allait vraiment vers le froid. Combien de jours restait-il avant Noël ? Il ressentit une grand émotion : verrait-il encore une telle fête ?

# 48

Déjà deux nuits qu'il ne dormait pas. Pour la première fois de sa vie, Vladimir avait mauvaise conscience. Il aimait bien Marek, et ne s'était pas aperçu à quel point l'affection de ce gamin le réconfortait. Mais si Pfund ne réapparaissait pas ou, pire, si on le retrouvait mort, Marek saurait la vérité : Pfund n'était pas son père comme Vladimir le lui avait laissé croire. Très vite, on connaîtrait les héritiers du graphiste, et Marek saurait que Vladimir lui avait menti. Et si Marek revendiquait quoi que ce soit, ce serait encore plus affreux car le jeune homme serait ridicule, et ce serait de sa faute à lui, Vladimir ! Il ne s'en sortait pas. Il y avait là de quoi dégoûter Marek. Vladimir n'aurait vraiment plus un seul ami. Comment rattraper le coup ? Dire la vérité à Marek ? Impossible ! À présent, il ne le croirait plus. Il s'était construit des origines, une naissance illégitime, une enfance entre un père qui n'était pas le bon, un autre qui n'était pas là, il avait vécu tout cela très bien puisqu'il l'avait vécu rétrospectivement.

Quand Vladimir avait expliqué qu'avant sa naissance sa mère travaillait avec Pfund et qu'elle s'était laissé séduire, Marek l'avait cru. Que sa mère se soit retrouvée enceinte et que Pfund n'ait pas voulu du bébé, Marek avait déjà moins apprécié. Il avait applaudi le courage de son père officiel, d'épouser une femme enceinte et d'accueillir comme son fils le petit qui arrivait. Il avait perçu l'immense admiration qu'il vouait à Pfund comme un amour filial déguisé. Ainsi, il avait mieux compris la douleur ressentie au moment de son licenciement : son vrai père le rejetait et il ne l'accepterait jamais.

Comment ferait Vladimir, aujourd'hui, pour casser tous ces schémas construits par Marek ? Pouvait-il seulement faire le chemin à l'envers ?

Non. Il devait donc éviter que Roger meure. Pour cela, il devait convaincre ceux qui le détenaient de le relâcher. Il savait qu'il risquait sa peau : ces gens-là ne laissent pas de témoins derrière eux.

Il irait aux Pâquis dès demain.

# 49

Ce mardi, la journée commença tôt pour tout le monde. Plusieurs inspecteurs appelés en renfort devaient refaire l'enquête de voisinage. Les Français, contactés la veille au soir par Simon, avaient promis de rendre leur rapport sur la visite domiciliaire effectuée dans la résidence secondaire de Roger Pfund, en France voisine. On attendait d'un instant à l'autre le résultat de plusieurs commissions rogatoires envoyées aux quatre coins de l'Europe.

Dans ses missives à ses collègues étrangers, Simon demandait un point sur le faux-monnayage, expliquait son problème, donnait description et photo de Roger Pfund, insistant sur l'utilisation qui pouvait être faite d'un tel homme par des réseaux mafieux. Chaque policier contacté savait quelle était la situation dans son pays. Des contrôles dans certains milieux ou des interrogatoires de certains indicateurs devaient permettre un premier point de la situation.

Mallaury et Calame resteraient au bureau, pour centraliser les opérations.

Les collègues de Saint-Julien-en-Genevois réagirent les premiers. Ils avaient fouillé de fond en comble la maison de Pfund située en territoire français mais à deux pas de

Soral, dans la campagne genevoise. D'après leurs renseignements, la maison ne recelait aucune cachette. Ils n'avaient absolument pas trouvé trace d'un séjour récent en ces murs. L'habitation était glaciale et les meubles abondamment recouverts de poussière. Pfund n'avait pas dû y mettre les pieds depuis la fin de l'été.

Calame avait pris l'appel et fait comprendre à Mallaury qu'ils pouvaient biffer une rubrique de leur liste. Il remercia les Français tout en insistant pour obtenir d'eux un rapport écrit. Il avait besoin de cette pièce dans le dossier.

Mallaury avait entrepris une tournée téléphonique des confrères étrangers. Les nouvelles d'Europe étaient aussi vides que la maison de campagne du graphiste. Un calme total régnait dans le monde du faux billet. Pas un indice d'une vaste opération en préparation. Tous les faussaires prenaient des vacances en attendant leur prochain objectif : la monnaie unique qui ne devrait voir le jour qu'à la toute fin du millénaire. On avait le temps. Les affaires, ce jour-là, seraient d'envergure. Il était inutile de chercher quelque petit marché avant cela.

Les deux inspecteurs déprimaient à chaque nouveau rapport. Celui des inspecteurs envoyés dans le quartier de la rue Vautier n'était guère plus riche. Manuel, le stagiaire qui filait toujours Vladimir le « Tsar », téléphona pour dire que son « client » était enfin sorti de chez lui, place d'Armes. Il était resté enfermé plus de deux jours. La filature reprenait donc.

Au bureau de Carl-Vogt, les deux inspecteurs ressentaient comme une lente torpeur. Leur seul espoir reposait sur Norbert Simon. Le commissaire avait demandé qu'on le laisse seul. Il voulait « renifler » comme il disait. Dans d'autres affaires, c'était souvent en restant seul sur les lieux du crime que l'instinct du policier avait senti une bonne piste. Là, il n'y avait pas de meurtre, du moins pas pour le moment.

Plus que jamais, le commissaire devait avoir du flair. C'était la dernière chance de Roger Pfund.

# 50

À chaque visite du commissaire, les employés de l'atelier retenaient leur souffle. Ils avaient été échaudés par son humeur de la semaine dernière et craignaient d'y être à nouveau confrontés. En outre, le policier pouvait être porteur d'une mauvaise nouvelle. Et cela, plus le temps passait, plus ils le redoutaient.

Conscient de cette crainte, le commissaire fit signe immédiatement qu'il n'avait rien de nouveau. La tradition de s'asseoir sur le banc espagnol était désormais prise. Chacun lâcha son occupation, et le groupe se forma vite autour du policier.

Il raconta l'épisode San Marco et lut la stupéfaction sur le visage des membres de l'équipe. Concernant les empreintes de Jean-Paul sur le volant de la voiture de Roger Pfund, le commissaire préférait encore rester discret.

– Que peut-on faire de plus ? demanda un des employés.

– Je l'ignore, concéda le policier. C'est pourquoi je suis ici. J'aimerais feuilleter vos archives, vos dossiers de presse. Il faut que je connaisse mieux les activités de l'atelier. Il y a forcément quelque part un détail qui m'a – ou qui nous a – échappé.

Immédiatement, Inès s'exécuta. Elle installa Simon à une table et posa devant lui quelques classeurs.

– Je remonte jusqu'où dans le temps ?

– Difficile à dire. Dix ans, peut-être.

– OK, une bonne partie est déjà là.

À Carl-Vogt, le téléphone sonna au moment où Calame et Mallaury entraient dans l'ascenseur. Manuel, à l'autre bout du fil, s'impatientait. Il ne pouvait pas rester longtemps dans une cabine sous peine de perdre des yeux son « client ».

Vladimir avait marché à grands pas depuis Carouge. Il arrivait à présent dans le quartier de la gare. Manuel remercia le ciel d'être en hiver, sinon il aurait déjà suffoqué.

Quand la ligne sans réponse fut commutée sur le central, le jeune inspecteur avait déjà raccroché.

Les yeux de Simon se fatiguaient. Il s'était infligé comme une punition le passage en revue de la carrière de Pfund avec son lot de louanges sur papier glacé. Plus qu'il n'en fallait pour réveiller toute sa mélancolie.

Des multiples « press-books » qu'ils venaient de compulser ressortait une évidence : Pfund, avant tout et pour beaucoup de monde, était le pape du billet de banque. On n'en sortait pas. Vivement le retour des commissions rogatoires ! Il devait appeler Mallaury pour savoir s'il avait du nouveau.

Au moment où il se levait pour téléphoner, un employé s'arrêta près de la table.

– Vous y croyez vraiment, vous, à cette histoire de fausse monnaie ?

– Je ne sais pas, répondit aimablement Simon.

– C'est vrai que c'est un domaine qui fascine, mais il ne faut pas s'illusionner....

Annick se mêla à la conversation.

– Quand Roger réalisa les premières esquisses des billets, nous étions hypnotisés. Observer tous les détails d'une coupure pouvait nous occuper pendant des heures ! Souvenez-vous ! On avait de la peine à ne pas en parler à tout le monde autour de nous !

– C'est vrai, reprit Inès. (Un groupe s'était à nouveau formé autour du commissaire.) On était comme des gamins. On avait les yeux qui brillaient !

– Le pire de tous, je crois que c'était encore Marek, dit Annick en riant. (Elle expliqua à l'attention du policier :) C'est un jeune gars qui voulait être graphiste. Quand Roger travaillait sur ses thèmes, Marek lui tournait autour. Roger l'avait surnommé « la mouche à miel ».

– Ce garçon n'est plus ici ? s'enquit Simon.

– Non, répondit Annick. Il n'a pas pu rester. Malgré l'admiration qu'il portait à Roger, il n'avait pas le tiers de son talent. On ne peut travailler qu'avec des gens très forts dans leur domaine.

– Ce fut pénible quand il est parti, compléta Inès. Il avait fait de la peine à tout le monde.

– Où est-il maintenant ?

Inès fit signe qu'elle n'en savait rien. Annick répondit :

– Je l'ai croisé deux ou trois fois au *Marchand de sable* et surtout au *Chat Noir*. Au sous-sol, pour les concerts de jazz. Il avait tant d'amour pour Roger qu'il s'était mis au jazz. Sa mère, si elle n'est pas morte, doit toujours habiter rue Saint-Joseph.

La discussion dévia ensuite sur tout et rien. Le commissaire finit par penser qu'il perdait son temps.

Simon remercia tout le monde et sortit. Une fois sur le trottoir, il se souvint qu'il voulait téléphoner au bureau pour prendre des nouvelles et qu'il ne l'avait pas fait. Tant pis. Ils se débrouilleraient sans lui. Il boutonna son manteau et noua son écharpe. Il faisait de plus en plus froid. Ses pas, presque nonchalants, l'entraînèrent instinctivement vers la rue Saint-Joseph.

# 51

– Bonjour, c'est Alix Beauchamps. Le commissaire n'est pas là ?

Mallaury se mit à sourire. La journaliste s'appliquait à prendre un ton de salon alors qu'il savait pertinemment qu'elle tutoyait le commissaire Simon. L'inspecteur se demandait du reste si c'était le seul rapprochement qui avait eu lieu entre eux...

– Non, mademoiselle Beauchamps, il vadrouille !

– Il « renifle » ?

– Quel instinct ! Oui, vous avez vu juste !

– Donc vous ne me direz pas où il se trouve ?

– Non, d'autant qu'en général, vous le trouvez avant nous !

Heureusement qu'il ne vit pas la teinte que prirent les joues de la jeune femme...

– Bon, peu importe. Je souhaitais lui souffler une idée : il m'a parlé l'autre jour d'un « Tsar » qui avait eu une attitude un peu étrange dans l'affaire Pfund. J'avais déjà entendu ce surnom, mais je ne trouvais pas où. J'ai retourné cela dans ma tête, j'ai épluché mes dossiers... et j'avais raison ! On avait brièvement parlé d'un « Tsar » dans l'affaire dite des *Plumes bleues*. Ça vous dit quelque chose ?

– Vaguement, répondit Mallaury, toujours sidéré par la mémoire de la jeune femme.

– Vous aviez mis à jour un réseau de cover-girls venues de l'Est. Un truc assez sordide, avec des filles qui logeaient à dix dans un studio et qui alimentaient à tour de rôle les podiums et les bars comme *Les plumes bleues*, rue Rossi.

– On avait fermé l'établissement, mais on n'était jamais parvenu à mettre la main sur le « patron » des filles. On les avaient toutes renvoyées dans leurs pays respectifs.

– Ouais, ouais, ouais, dit Alix, enthousiasmée. C'est ça ! Eh bien, je viens de retrouver mes notes. J'avais pu interroger certaines de ces filles avant que vous ne boucliez tout le monde. Il est évident qu'elles ne connaissaient pas leur patron. Elles avaient toutes été engagées par des garçons qui les avaient séduites avant de leur promettre l'Eldorado de ce côté-ci du rideau de fer.

– Et alors ? demanda Mallaury, captivé par les explications d'Alix.

– Alors deux d'entre elles m'ont affirmé qu'un certain « Tsar » gérait les finances pour le grand patron. C'est lui qui leur donnait leur argent de poche – un drôle de mot pour des filles plus souvent nues qu'habillées, mais enfin bon ! Qu'est-ce que vous dites de ça ?

– Un « Tsar », dites-vous ? Un Russe ?

– Je ne sais pas. Elles l'avaient appelé comme ça. Je l'ai noté tel quel.

– Quel rapport cela peut-il avoir avec l'enlèvement de Pfund ?

– A priori aucun. Sauf si ce « Tsar » est vraiment lié avec une mafia russe quelconque…

– Rue Rossi, dites-vous ?

– À l'époque, c'était *Les Plumes Bleues.*

En raccrochant, Mallaury resta pensif. Calame avait suivi l'entretien.

– Elle a raison, je me souviens de ces Russes. On n'était jamais parvenu à mettre la main sur les vrais responsables. On avait condamné des deuxièmes couteaux.

– Et pas de « Tsar » parmi eux. Le seul que nous connaissons, c'est celui que Manuel file depuis quelques jours. Impossible que ce soit le même ! Le nôtre hante les bistrots carougeois plutôt que les bordels !

– Ça ne coûte rien de faire un saut à la rue Rossi…, suggéra Calame.

– T'as raison. Allons-y !

## 52

Comme tous les matins, Louise faisait sa balade avec Kiki. Son malaise persistait depuis quelques jours, sans raison. Elle avait constamment l'impression d'avoir oublié quelque chose.

Derrière le Bureau des Autos, l'Arve avait atteint un niveau inquiétant. Un redoux en montagne faisait fondre les premières neiges sur les sommets. Si cela continuait, il n'y aurait plus rien sur les pistes pour Noël. Ce n'était pas la première année que le phénomène se produisait. Les pluies de novembre n'avaient pas amélioré la situation : tous les cours d'eau enflaient, en Haute-Savoie comme en Suisse. L'Arve était magnifique, verte, gonflée ; elle envahissait peu à peu ses berges, ce qui offrait un spectacle de rêve aux promeneurs de l'aube. L'eau devenait glace au cœur de la nuit et les éclaboussures, au-dessus des rapides, se transformaient au petit jour en milliers de cristaux. Quelques courageux parcouraient la campagne en courant, camouflés sous un bonnet et avec des gants, car la température était proche de zéro jusqu'au milieu de la matinée.

Louise adorait ce temps sec et froid de fin d'année. Genève, à d'autres périodes, était plutôt humide en raison de la proximité du lac. Le climat n'était pas bon pour les asthmatiques et allergiques en tous genres. Mais pendant l'hiver, quand le thermomètre descendait dans le rouge, on s'y sentait très bien.

Il fallait prendre garde à ne pas déraper sur le sentier qui longeait l'Arve.

Non loin de là, un homme nettoyait sa voiture. Il maniait un petit racloir caoutchouté avec dextérité. Quand il eut fini le pare-brise, il glissa l'ustensile dans sa poche.

Louise étouffa un cri. Un revolver ! Elle revoyait nettement, à ce moment, l'image subrepticement perçue samedi dernier à l'aube, alors qu'elle revenait de sa grande balade avec Kiki. Un grand garçon vêtu d'habits sombres, avec un curieux bonnet sur la tête, avait surgi dans la cour, un revolver à la main. Il avait dissimulé l'arme dans sa veste, traversé l'espace qui le séparait de la rue avant de disparaître.

Louise venait de comprendre d'où venait le malaise qu'elle ressentait depuis quelques jours. Le geste du jeune homme avait été si vif que son cerveau n'en avait pas imprimé l'image complète. Mais un signal d'alarme s'était déclenché dans sa tête. Quand elle avait lu l'article sur la disparition de Roger Pfund, elle s'était sentie concernée sans comprendre. Or, elle avait vu ce garçon louche à l'arrière de l'atelier du graphiste ! Un frisson la parcourut de la tête aux pieds. Elle avait vu le meurtrier !

Sale vieille caboche ! râla-t-elle en accélérant le pas. Si tous mes neurones fonctionnaient encore à l'endroit, j'aurais réalisé qu'il se passait quelque chose et j'aurais réagi !

Elle attrapa Kiki, attacha la laisse au collier et partit d'un pas décidé. Il fallait qu'elle parle à la police. Le poste de la Fontenette n'était pas loin. Ils la prendraient certainement pour une vieille folle, mais il fallait qu'elle soulage sa conscience.

# 53

Vladimir n'aimait pas du tout venir ici en plein jour. N'importe qui pouvait le reconnaître. Même si les Pâquis prennent un air de sieste pendant l'après-midi, les moments qu'on y passe au lit sont plutôt « crapuleux ». Et c'était justement ces heures que choisissaient certains messieurs pour venir s'encanailler… Vladimir n'avait pas envie d'y croiser un copain de bar qui crierait ensuite dans tout Carouge que Vladimir traînait aux Pâquis !

La fille qui lui ouvrit la porte du bar fermé entre 14h et 18h le connaissait depuis longtemps. Vladimir n'avait jamais vraiment su si elle couchait ou non avec le patron. En tout cas, elle bénéficiait d'un statut particulier. Elle s'étonna de le voir.

– Tiens, le « Tsar », c'est nouveau ? Tu ne dors plus l'après-midi ?

Elle se pencha vers lui affectueusement pour lui coller un baiser au coin de la bouche. Elle savait qu'il s'était finalement bien comporté avec les filles. Ce n'était de loin pas le plus méchant. Elle lui en savait gré.

– Il est là ? demanda Vladimir qui redoutait de telles marques d'affection, car il se savait faible.

– Oui, mais tu sais qu'il n'aime pas être dérangé.

– Tant pis, je n'ai pas le choix.

– Alors, tu connais le chemin…, fit la belle en désignant du doigt un rideau rouge au fond de la pièce.

Quand l'affaire avait éclaté au grand jour, ils avaient beaucoup perdu. Par chance, Vladimir n'avait pas été pris. On n'avait pas vraiment de preuves contre lui. Les filles avaient rapidement été renvoyées dans leur pays. De surcroît, il n'avait fait qu'exécuter les ordres. C'est ce qu'il aurait dit si on l'avait arrêté. Quelques amis à lui avaient eu moins de chance. Ils avaient passé des mois derrière les barreaux. Le grand patron, absent lors de la rafle, s'en était tiré sans mal. À présent, il ne venait plus en Suisse. Son « petit frère », comme il l'appelait, gérait la place de Genève.

Quand Vladimir frappa à la porte, une voix lasse lui répondit. À son invitation, Vladimir pénétra dans la pièce. Il trouva son hôte allongé sur un canapé. À la vue du Russe, il sauta sur ses pieds.

– C'est toi ? Que fais-tu ici l'après-midi ?

– C'est fou comme tout le monde veut que je fasse la sieste !

– Pardon, mais avoue que ce n'est pas ton heure !

– T'as raison. Mais là, je n'ai pas le choix.

– Assieds-toi, Vladimir. Tu as l'air soucieux. Parle-moi !

– Je voulais te dire de tout arrêter…

– Je ne te comprends pas.

– Impossible de t'expliquer pourquoi, mais il faut que vous le relâchiez.

– Tu n'es pas clair. De qui parles-tu ?

– Tu le sais comme moi. Pour la facture, j'aurais pu négocier. La manière forte n'était pas utile. Vous êtes allés trop loin.

– Vladimir, tu deviens fou !

Le « Tsar » s'était promis de garder son calme. Il tenait bon. Son interlocuteur, en revanche, s'excitait de plus en plus.

– Je sais que je te demande quelque chose de difficile, mais il faut le libérer. Fais ça pour moi ! On trouvera autre chose, tu peux le dire à « qui-tu-sais » !

– Arrête. Tu dépasses les bornes. Tu me déranges dans ma sieste pour me raconter des inepties ! De quelle facture parles-tu ? Qui dois-je libérer ?

Vladimir perdait patience. L'autre était trop borné.

– Je parle de Roger Pfund. Tu le sais bien. Il ne fallait pas l'enlever.

– …

– Je te le demande comme un service : libérez-le vite. Et surtout en vie, s'il vous plaît.

– Pfund ? Le graphiste ? Tu ne crois quand même pas que c'est nous ?

Vladimir venait de réaliser qu'il faisait peut-être fausse route. Il ne savait plus que penser.

– Je sais bien que cette histoire de facture est un souci. Mais vous n'aviez pas à vous inquiéter. Il n'aurait jamais su qui était derrière. J'ai toujours tenu parole.

– Mais Vladimir, tu perds la tête ! Je n'ai jamais touché à un seul cheveu de ce type ! Crois-moi ! Comment as-tu pu croire que je serais assez con pour me fourvoyer dans un truc pareil. Les rapts, c'est plus notre créneau, aujourd'hui. Trop risqué, trop coûteux…

Vladimir le regardait avec de grands yeux incrédules.

– Mais alors… c'est pas toi ?

– Non. Mais j'espère que toi, tu n'es pas impliqué non plus dans quoi que ce soit de ce genre. Le patron déteste ce style.

– Impliqué ? Pas du tout… (Soudain, il se souvint de sa fuite et de la visite de la police chez lui.) Enfin, non… ils savent que je le connaissais, c'est tout.

Le tenancier de la boîte devenait menaçant.

– Vladimir, je te le dis gentiment, moi. Mais il faut souhaiter que ton nom ne figure jamais dans un dossier de police… tu signerais ton arrêt de mort ! Tu le sais, n'est-ce pas ? Maintenant fous le camp. Tu vas nous oublier, pendant un bon moment. Ça vaudra mieux pour toi.

Vladimir se leva en tremblant. Il s'excusa pour le dérangement et se dirigea vers la sortie.

En retrouvant la lumière de la rue, il inspira profondément. Heureusement qu'ils ne savaient rien !

– Tu ne bouges plus !

Le « Tsar » fit mine de retourner dans la boîte de nuit. Mais la porte s'était automatiquement verrouillée derrière lui. Calame le tenait en respect, Mallaury avançait vers lui. Manuel, planqué à l'angle de la rue, arriva, plein d'admiration pour ses collègues.

– Chapeau, les gars ! Mais comment vous saviez que j'étais là ? Je vous ai appelés deux fois sans succès.

– Le flair, bonhomme, lança Mallaury avec un clin d'œil à Calame. Ce dernier renchérit :

– Avec le temps, toi aussi tu auras de telles intuitions !

Manuel en était baba.

Vladimir, lui, était loin de trouver la scène cocasse. Toute la rue y avait assisté. Il était vraiment le dernier des cons. Il n'avait même pas remarqué qu'on le suivait. Et il avait conduit la police droit au but. Le patron le saurait… il n'osait pas imaginer la suite. Quand il sentit les menottes se refermer sur ses poignets, il eut un goût de sang dans la bouche. Un goût de mort.

# 54

Dans la rue Saint-Joseph, à l'heure du repas, le silence régnait. Entre odeurs de frites et bruits de vaisselle, le badaud était presque seul sur le trottoir. De temps à autre, un indigène pressé lançait un joyeux « salut ! » en passant devant une fenêtre. Une voix lui répondait, lointaine.

Il fallait savoir où se trouvait l'entrée, tant le passage était étroit. Simon s'avança jusqu'à voir nettement le nom sur la boîte aux lettres. Il frappa au carreau. Le rideau bougea légèrement et le policier entrevit un regard brouillé par son propre reflet dans la vitre. Il fallut attendre encore quelques instants avant que la porte s'ouvrît.

Dieu sait que Simon n'avait pas le cœur à la séduction ! Mais il fut surpris par le charme émanant de la femme qui se tenait devant lui. Malgré les rides naissantes, malgré les longs cheveux gris cascadant en boucles sur ses épaules, elle distillait au premier regard une chaleur extraordinaire. Ce n'était pas la première fois que Simon ressentait ce genre d'attraction chez une femme qu'il rencontrait dans le cadre de son travail.

– Monsieur ?

Elle lui avait parlé d'une voix douce, avec un très gentil sourire.

– Je... bonjour Madame. Vous êtes bien la mère de Marek ?

– De Wojciech, oui, que tout le monde appelle Marek.

Elle avait roulé très légèrement le « r » du prénom de son fils. Simon avait l'impression qu'un torrent slave le prenait à bras-le-corps. La femme le fit entrer et lui proposa un siège. Sous le charme, Simon la suivit. Quand elle lui proposa un café, il accepta, sans réaliser qu'elle le faisait entrer sans même savoir qui il était. Savait-il lui-même ce qu'il faisait ici ? Il avait erré dans Carouge et suivi une de ses intuitions que Mone, sa sœur, trouvait très « féminines ». Il ne savait pas encore s'il devait se présenter comme policier. Mais le mot, en général, rendait les gens beaucoup plus sérieux. Et il ne fallait pas que cette femme cesse de lui sourire ! C'était beaucoup trop agréable !

Elle revint s'asseoir en face de lui avec deux cafés. Absolument pas sophistiquée, elle dégageait une élégance naturelle. À chacun de ses mouvements, un parfum de talc restait dans l'air. Elle portait une robe de maison en flanelle. Tout, chez elle, semblait doux. En s'asseyant et en ramenant ses deux coudes sur la table, la tasse entre les mains comme pour les réchauffer, elle donna à ses seins un mouvement plein de sensualité. Simon était comme un élastique. Il n'aurait pas fallu qu'elle le touche... Il devait avoir l'air idiot, car elle lui lança, le regard interrogateur :

– Alors ? Vous ne m'avez toujours pas dit pourquoi vous cherchiez mon garçon.

Simon s'ébroua. Son instinct lui soufflait qu'il ne fallait pas être maladroit. Il devait échapper à ce charme qui le tétanisait.

– Un ami graphiste m'a parlé de lui, commença Simon, conscient qu'il n'avait toujours rien dévoilé de son identité.

– Oh, je vois. Mon Wojciech a travaillé dans le métier, mais il a dû arrêter. (Elle dit avec une moue de tristesse :) Il n'avait pas assez de talent.

– Ce n'est pas ce que l'on m'a dit, dit Simon aussitôt. J'aurais voulu lui parler d'un projet. Savez-vous où il se trouve ?

Cette fois, elle ne mimait plus la tristesse, elle eut l'air vraiment malheureuse.

– Cher monsieur, il y a déjà longtemps que je ne sais plus ce que fait mon fils. J'ai essayé de lui parler, mais plus rien ne passe. C'était pourtant un petit garçon si tendre. À la mort de son père, il a voulu tenir le rôle de l'homme de la maison, et puis il y a eu cette place chez Roger…

– Pfund ?

– Oui, c'est un ami à moi. (Elle rougit imperceptiblement. Puis, comme pour se justifier :) Je le connais depuis très longtemps. Quand je suis arrivée en Suisse, j'étais très jeune. Je n'avais aucune expérience de la vie. Nous avions fui la Pologne, avec mes parents et mon frère. Il fallait que je travaille. Mais personne ne voulait de moi. Roger fut le seul. Il parvint même à me décrocher un permis de travail valable. Une chose que je n'oublierai jamais ! Encore un café, Monsieur… ?

– Simon.

– Encore un café, Monsieur Simon ?

– Volontiers.

Cette femme avait besoin de parler. Peut-être perdait-il son temps, mais le commissaire ne pouvait se soustraire à tant de volupté. Elle les servit, puis continua à raconter sa vie. Elle devait être seule bien souvent pour étaler ainsi son histoire devant le premier venu.

– Quand j'ai rencontré Marek – le père de mon garçon –, j'étais très amoureuse. Monsieur Pfund nous a aidés à nous installer. Ensuite, quand Marek a décroché un poste chez Battelle, comme chercheur, nous avons réussi à voler de nos propres ailes. Mon mari était très intelligent. Il était l'héritier d'une longue lignée de scientifiques polonais. Mais son talent n'avait jamais été utilisé dans notre pays. Il était donc venu mettre son cerveau au service de ceux qui en reconnaissaient les qualités. Wojciech – mon « petit Marek » – tient de lui. À l'école, il a eu les meilleures notes de sa classe pendant de nombreuses années. Pourtant, il n'a pas voulu prolonger ses études. Il était attiré depuis toujours par les domaines artistiques. Mais chez Roger, il a fallu reconnaître qu'il n'était pas fait pour ça.

Elle se tut pendant un long moment. Quand elle reprit la parole, ses yeux étaient pleins de larmes et sa voix presque blanche.

– Ça l'a cassé. La mort de son père et son échec professionnel, c'était trop à la fois. J'ai tout fait pour le consoler, mais il s'est plutôt retourné contre moi. (Elle essuya furtivement ses larmes.) Plus le temps passait, plus il m'échappait. Je ne connais plus sa vie, ni ses amis. Je sais seulement qu'il fréquente vaguement une petite pharmacienne de la place, une petite Karine. Je suis allée au magasin pour la voir à son insu puisqu'il ne veut pas me la présenter. Je savais son prénom car nous nous étions parlées au téléphone. Vous savez, Monsieur Simon, c'est comme si j'avais perdu mes deux hommes en même temps. Depuis, je me suis retirée du monde. Je ne sais pas ce qui me prend de vous parler comme ça !

Elle avait eu un triste rictus en disant cela. Simon avait tellement envie de la prendre dans ses bras ! Il n'était pas normal qu'il ait de telles pulsions, ces derniers temps. Déjà l'autre jour, avec Alix, il avait failli se laisser aller. Et maintenant cette femme...

Il prit sa voix la plus douce.

– Madame, je ne voulais pas vous perturber. Ne vous inquiétez pas. Vous avez un ami en face de vous. Vous ne savez donc pas où est Marek, je veux dire, votre fils ?

– J'ai aussi fini par l'appeler Marek. Son prénom était trop difficile à prononcer pour les gens d'ici. À l'école déjà, un professeur avait décidé d'utiliser le prénom du père pour simplifier... Je ne sais pas ce qu'il fait, mais je sais où il loge.

Elle fit un geste en direction du premier étage.

– Il n'a plus voulu non plus habiter avec moi. Alors il a pris le studio qui est là au-dessus. Il faut monter l'escalier au fond de la cour. Ce sont les deux fenêtres qui donnent sur la galerie. Voulez-vous que je lui dise que vous êtes passé ?

Norbert Simon sursauta.

– Non ! (Puis il se reprit, voyant la stupéfaction de la femme.) Je veux dire, non, ce n'est pas urgent... nous le contacterons par poste. Ne l'ennuyez pas avec ça...

– Encore faudrait-il que je le voie... entre les coups de main qu'il donne à des copains la nuit, dans des bars, et ce qu'il fait aux Halles...

– Il travaille aux Halles de la rue Vautier ?

– Oui, parfois, il aide un ami. Il l'a connu quand il travaillait chez Pfund, justement.

Simon trouvait étrange que tant de monde se retrouvât avoir des amis à la même adresse. Ce dossier contenait beaucoup de coïncidences et pas assez de preuves concrètes.

Le commissaire parvint finalement à s'arracher à la femme aux cheveux gris. Il le fallait d'autant plus qu'il aurait été dommage que Marek arrive. Le policier avait déjà son projet en tête. Il remercia, souhaita maladroitement bon courage à son hôtesse et referma la porte derrière lui.

Une fois dehors, il resta un long moment immobile. Quand il fut certain que la mère de Marek n'était plus dans la pièce, il entra dans la cour.

Comme la plupart des maisons du Vieux-Carouge, celle-ci dissimulait un magnifique patio. Le sol était inégal, pavé de pierres rondes, usées et recouvertes de mousse. La cour se creusait en son centre, autour d'un égout vermoulu. Au fond, une porte en bois était obstruée par un vélo déglingué, déposé là et puis oublié. Un escalier de bois conduisait au premier étage. La rambarde en fer forgé était tordue. Sans doute à cause de l'âge. Une glycine la suivait en la soutenant. À la belle saison, ce lieu devait être frais et parfumé. Aujourd'hui, les couleurs étaient plus lugubres.

S'assurant qu'on ne le voyait pas, le commissaire se glissa jusqu'aux marches qu'il évita de faire craquer. Parvenu sur la galerie, il plongea le regard par la première fenêtre. Il fallait d'abord que ses yeux s'habituent à la saleté des vitres et au désordre qui se trouvait à l'intérieur. Le policier ne vit rien de spécial. Il n'en fut pas de même à la seconde fenêtre. La pièce était tapissée d'affiches de Pfund. Sur une table recouverte de papiers, le policier aperçut des articles de presse très récents faisant état de la disparition du graphiste. On les reconnaissait de loin. Il y avait aussi quelques manchettes. L'admiration de Marek pour son maître confinait à l'amour. C'était même un peu trop, au goût de Simon. Il brûlait de forcer la porte. Que faire ? N'importe quel prétexte aurait sans doute convaincu la mère du jeune homme de lui prêter sa clé, si elle en avait une. Mais garderait-elle le silence ? Et si Marek était impliqué dans cette affaire, qu'adviendrait-il s'il sentait la police sur ses traces ? Ne risquait-on pas de mettre Roger Pfund en danger ?

À contrecœur, le commissaire redescendit avec précaution et quitta les lieux. Il fallait organiser au plus vite une visite domiciliaire avec les hommes du SIJ. Il avait cru comprendre que Mnouchka, c'était le surnom de la mère de Marek, faisait son marché régulièrement. Demain, mercredi, ils auraient un moment pour agir.

En traversant la place du Marché au sol verglacé, le policier avisa la pharmacie située à côté d'une librairie pour enfants. Il repensa à Karine et décida de rencontrer la jeune femme. Quand il entra, une clochette tintinnabula gaiement.

## 55

Quelqu'un était venu. On l'avait secoué, éveillé, on lui avait donné à boire. Il lui semblait même qu'on l'avait détaché. Mais les images s'enchevêtraient. Il n'était plus capable de donner de la mesure à ses pensées. Il y avait longtemps qu'il n'essayait plus de deviner quel jour on était. Il ne savait même plus s'il était couché ou assis.

Quelqu'un était venu. À nouveau, ses yeux avaient été agressés par une lumière violente. On avait voulu le faire écrire. Il se rappelait une planche sur ses genoux et ce stylo dans la main. Mais il faisait trop froid. Impossible de resserrer les doigts. Avait-il signé ? Et puis après ? Tout cela était devenu bien inutile. Il avait demandé qu'on le laisse tranquille. La voix avait dit que tout serait bientôt fini. Bientôt fini.

Il réalisa soudain qu'il n'était plus attaché. C'était donc vrai ! Il n'avait pas rêvé !

Quand il se mettait sur le côté, il parvenait à s'installer sur un amas de cartons. C'était encore là qu'il était le mieux. Mais à présent, chaque geste était si lent, si difficile. Il avait compris qu'il allait mourir. Cela ne lui faisait plus peur. Il suffisait de s'endormir...

# 56

En sortant du supermarché, Ariane serra l'écharpe autour de son cou. Il fallait marcher énergiquement pour ne pas avoir trop froid. Il y avait des années que la fin novembre n'avait pas été aussi glaciale.

Elle se hâta en traversant les voies du tram pour aller jeter un coup d'œil à la vitrine d'un magasin de chaussures, en face de chez *Martel*. Elle glissa et rétablit son équilibre de justesse.

Il la croisa à ce moment. Elle fut si étonnée qu'elle commença par le regarder passer sans rien dire. C'était bien lui : grand, longiligne et marchant à larges enjambées. Pour un peu, il l'aurait bousculée comme l'autre soir devant sa boutique. Ah non ! ça ne se passerait pas comme ça. Elle le suivit en l'interpellant. Il ne paraissait pas l'entendre. Elle cria plus fort.

– Eh, vous là !

Il se retourna. Ariane, qui allait se lancer dans un chapelet d'insultes, resta médusée. De sa vie, elle n'avait jamais vu des yeux si pleins de haine. Elle recula. Elle vit alors l'arme qui dépassait de la veste du garçon et blêmit. Il sourit en coin. Un rictus diabolique. Il devait être certain de son effet, certain qu'elle n'oserait plus bouger, car il reprit sa route sans un mot. Elle bégaya quelques phrases, se sentant complètement idiote.

Il lui fallut plusieurs minutes pour revenir à la réalité.

– Ah non ! Cette fois, je ne me laisse pas faire !

Elle empoigna le cabas contenant ses courses et repartit. Il fallait qu'elle dise à la police ce qu'elle venait de voir…

# 57

## *DISPARITION DE ROGER PFUND*
### *La police met la main sur un suspect*

*par Alix Beauchamps*

*Ça y est ! Les choses bougent enfin dans l'affaire Pfund. Bien que la police n'ait pas encore remis la main sur le célèbre graphiste, elle avance à grands pas dans son enquête. Elle vient d'arrêter un suspect. Curieusement, il s'agit d'un homme qui lui avait échappé dans le cadre d'un autre dossier…*

*Souvenez-vous : il y a trois ans, la police intervenait en force au cabaret des* Plumes Bleues *et arrêtait plusieurs hommes d'origine russe. Grâce à la plainte d'une mère dont la fille passait beaucoup de temps dans l'établissement, on venait de mettre au jour un vaste réseau de proxénétisme de filles mineures en provenance de l'Est.*

*Au moment de l'enquête, puis du procès, chacun y alla du même couplet, il n'était qu'un pion dans le jeu, il ne connaissait pas le patron, etc. Les inculpés furent finalement condamnés à des peines de trois à cinq ans de prison pour diverses infractions aux mœurs et aux lois du travail.* Les Plumes

Bleues *fermèrent boutique et l'on oublia le cabaret de la rue Rossi.*

*Or voilà qu'il réapparaît aujourd'hui. C'est devant sa porte, ou plutôt devant la porte du* Babouchka *rouvert dans les mêmes lieux que la police a arrêté hier un certain « Tsar » dénoncé à l'époque par plusieurs filles avant leur renvoi. L'homme était introuvable jusqu'à hier.*

*Quel lien avec l'affaire Pfund, me direz-vous ? Plus d'un justement. Car ce « Tsar » était parvenu à devenir l'ami de Pfund sans que celui-ci ne se doute jamais de la double vie du Russe. Mais tout récemment, les deux hommes étaient entrés en conflit. L'Atelier Pfund vient même de déposer une plainte contre cet homme devant le tribunal civil pour non-paiement d'une facture. Et de surcroît, le Russe a été vu tournant autour de l'atelier le soir où Roger Pfund a disparu.*

*Une liste de présomptions suffisantes pour le garder au frais quelque temps.*

*Le juge Saint-Ours, en charge de l'affaire Pfund et qui avait eu à connaître du dossier des* Plumes Bleues, *aura certainement beaucoup de questions à poser au nouveau locataire de Champ-Dollon. Pour l'instant, d'après nos renseignements, l'homme reste muet comme une carpe. Mais le juge Saint-Ours est venu à bout de volontés plus farouches que celle-ci.*

***DÉTENTION PROLONGÉE***

*Hier matin, quelques heures avant l'arrestation du Russe, les juges de la Chambre d'accusation ont prolongé d'un mois la détention préventive d'un autre inculpé dans la même affaire Pfund, arrêté la semaine dernière. Jean-Paul S., persuadé qu'il devait son récent licenciement du Musée de Carouge à sa mésentente avec Roger Pfund, avait affirmé devant témoin vouloir tuer le graphiste. Il dit aujourd'hui qu'il était ivre et ne mesurait pas ses paroles. Nous avons appris hier par la bouche du substitut du procureur que les empreintes digitales du dénommé Jean-Paul avaient été retrouvées dans la voiture du graphiste. À cela, personne ne donne d'explication. Et Jean-Paul moins que les autres. Juge et Police ont besoin de temps pour éclaircir tous ces points. Les juges leur ont accordé un mois.*

A.B.

## 58

Simon avait raison. Ils attendaient depuis peu de temps lorsqu'ils virent Mnouchka sortir de chez elle, un cabas à la main. Elle ne se méfiait pas. Quand elle déboucha sur la place du Marché, le commissaire intima d'un geste à ses troupes l'ordre de gagner le studio de Marek.

Des hommes étaient postés dans tout le quartier pour le cas où le garçon reviendrait. Au marché, la femme devait en avoir en tout cas pour une demi-heure. Cela laissait assez de temps aux spécialistes du SIJ pour effectuer un certain nombre de prélèvements. Simon lui-même ne résista pas à la tentation de les rejoindre pour examiner plus clairement ce qu'il avait entrevu la veille par la fenêtre. Il ne fut pas déçu. Il y avait du Pfund sur les murs, le plafond, les tables : des affiches, des objets et un grand nombre d'articles évoquant notamment le vernissage qui avait eu lieu deux semaines avant au Musée de Carouge. Le commissaire ne savait que penser. Marek était-il simplement fanatique de l'œuvre du graphiste ? Les policiers n'auraient pas été étonnés de trouver sur leur route un deuxième « San Marco »...

Avec Marek, pourtant, Simon sentait son sixième sens s'aiguiser. Quelque chose lui disait qu'il tenait une piste.

C'est pourquoi il insista auprès de ses collègues de l'Identité Judiciaire : il fallait trouver quelque chose. Des verres sales, des assiettes, des emballages vides se fondaient en un gigantesque capharnaüm. Dans un coin, un panier en osier contenait des restes de sandwichs dans du papier transparent, des gobelets maculés de café. Ils y trouvèrent aussi une bouteille de bière vide. Les empreintes furent relevées, quelques gobelets précautionneusement placés dans des sachets pour un examen ultérieur. Mais le temps passait. Ils ne pouvaient prendre de risques. À ce stade, une minute pouvait coûter une vie. Les hommes terminèrent rapidement leur travail et partirent un à un, un spécialiste des serrures étant chargé de refermer la porte avec soin afin que Marek ne se doute de rien.

Simon et une grande partie des hommes dépêchés sur place reprirent la route du boulevard Carl-Vogt. Deux policiers étaient laissés en surveillance. Parmi eux, Martin, qui avait accepté la mission bien qu'il commençât à en avoir assez d'arpenter les rues carougeoises.

En route pour l'Hôtel de Police, Simon résuma pour Calame et Mallaury sa rencontre de la veille avec la mère de Marek. En revenant hier au bureau, tout le monde s'était occupé du dossier Vladimir et Simon n'avait pas eu le temps de leur donner plus d'informations. Il conta ensuite son entrevue avec Karine, la pharmacienne. Un joli brin de fille, sans doute trop candide. Surtout avec le métier qu'elle faisait. Quelques questions avaient suffi à l'amener à reconnaître qu'elle fréquentait Marek dont elle était très amoureuse. Le garçon avait des problèmes, oui, elle s'en était aperçue. Il était souvent nerveux. Mais jamais autant que ces derniers jours. Depuis quand ? Elle ne savait pas. Une semaine ? Dix jours ? C'est d'ailleurs depuis ce moment qu'il lui avait réclamé des somnifères. Au départ, elle lui avait remis un emballage. Quand il était revenu s'approvisionner deux jours après, elle avait commencé à s'inquiéter. Il l'avait rejointe un jour dans la pharmacie où elle était de garde pour la nuit et – elle l'avait avoué au commissaire sans oser affronter son regard – elle était persuadée que, ce soir-là, il en avait profité pour se servir. Mais que pouvait-elle faire ? Elle avait peur de ce garçon quand il était nerveux. Une ou deux fois déjà, il avait levé la main sur elle. Oh, sans la frapper, mais avec suffisamment de conviction pour qu'elle ne s'opposât plus à ses volontés. Elle n'aurait pu en parler à son patron. Elle avait commis une faute professionnelle et le savait. Elle ne voulait pas risquer sa place.

Marek, fasciné par Roger Pfund mais blessé par lui parce que licencié, était donc nerveux depuis environ dix jours ? Il était entré en possession d'une grande quantité de médicaments. De quoi droguer un cheval ! Il y avait trop de coïncidences...

Désormais, Marek devenait la cible. Simon, dans un coin de sa tête et sans le dire à ses inspecteurs, pensait même que Marek constituait sa dernière chance de sauver l'honneur et de libérer Pfund.

À condition qu'il ne soit pas trop tard.

## 59

Le marché du mercredi et du samedi était surtout pour Mnouchka l'occasion de voir du monde. Toutes les personnes qu'elle croisait ignoraient ses soucis. Elle arborait toujours un sourire aimable et une jovialité qui la dispensaient de beaucoup de questions. Été comme hiver, elle affectionnait l'escapade sous les platanes, son « bol d'air ». Il n'y avait plus que là qu'elle se sentait heureuse. Elle avait donc pris son temps, comme à chaque fois. Pour prolonger le plaisir. À présent, il fallait rentrer. Il y avait peu de monde en ville. Sur sa route, elle ne croisa que trois hommes en jeans qui marchaient à grands pas. En entrant dans la cour, elle eut la curieuse impression d'un changement. « Que je suis bête, j'ai toujours le même sentiment de vide. Je préfère vraiment cette cour lorsqu'elle est fleurie et ensoleillée. L'endroit a l'air deux fois plus grand. » Elle tourna la clé, poussa la porte.

La pièce avait gardé l'odeur du pain cuit le matin, selon une recette de sa grand-mère, là-bas, en Pologne. Et puis ça sentait bon dans la maison, c'est surtout pour cela qu'elle le faisait.

Quand la porte claqua, elle se précipita vers l'entrée.

– Marek ?

– Oui, c'est moi.

L'homme qu'elle trouva en face d'elle n'était pas son fils. Comment son gamin aux yeux si doux pouvait-il avoir pris un regard aussi dur ? Dieu qu'il avait l'air méchant ! D'une voix douce, pourtant, elle demanda :

– Ça va, mon chéri ?

Il bougonna.

– Ça me fait plaisir que tu passes. Viens, je rentre justement du marché. Je vais te faire à manger.

Il arracha un morceau de pain sans le découper, ce qu'elle détestait. Elle faillit réagir, puis se dit que ce n'était pas le moment. Il tourna comme un lion en cage avant de se diriger vers la porte.

– Marek ! Reste un peu avec moi.

– Je dois partir.

– Pourquoi ne veux-tu jamais me parler ?

– Je n'ai rien à te dire.

– Que t'ai-je fait ?

– Rien, rien du tout. C'est comme ça, Maman.

– Pourquoi es-tu comme ça ? Tu dois construire ta vie, mon chéri, ne pas abandonner ! Tu as des chances, tu es intelligent !

– Non, je ne suis rien, tu le sais très bien !

– C'est faux ! (Puis, croyant l'encourager :) Je le disais encore à ce monsieur, hier…

– Un monsieur ?

– Oui, il est venu pour te voir.

– Un monsieur comment ?

Mnouchka sourit pour elle-même.

– Un monsieur… qui avait l'air très bien. Il avait entendu parler de toi, il savait que tu étais graphiste.

C'était un mot tabou à la maison. Mnouchka n'y avait plus pensé. Marek tapa sur la table avec un telle force que le cabas des courses se renversa.

– Quoi ? Que racontes-tu ?

– La vérité, mon fils ! Un homme te cherchait, il avait entendu parler de toi ! Peut-être a-t-il du travail… J'ai dit que tu avais travaillé avec Monsieur Roger…

– Tu as dit ça ?

– C'est pourtant la vérité !

– Mais enfin, Maman, depuis quand racontes-tu ma vie à des inconnus ?

– Je te dis qu'il le savait puisqu'il venait te voir pour ça !

– Qui te dit qu'il voulait me donner du travail ? Et si c'était la police ?

– Mais chéri, même si c'était… Tu n'as rien à te reprocher, n'est-ce pas ? N'est-ce pas ?

Il lui tenait les poignets et la foudroyait du regard. Elle éclata en sanglots. Elle n'avait pas su y faire. Et son enfant avait mal. Tout était de sa faute. En entendant claquer la porte derrière lui, elle se laissa tomber sur une chaise et appuya sa tête sur son bras replié. Quand Marek arrêterait-il de souffrir ?

# 60

Si le garçon n'était pas sorti de chez lui à ce moment, Martin se serait peut-être endormi. Cela faisait deux heures qu'il attendait. Il ne l'avait pas vu arriver. Son collègue, lui, avait dû suivre la scène, car il était prêt à courir. Martin fit signe qu'il s'en chargeait.

Marek tourna au coin du *Cinéma Bio 72*, longea la place, parcourut la rue Vautier. Le cœur de Martin accélérait. « S'il retourne à l'atelier... » Non, le garçon passa devant les Halles sans s'arrêter. Il tourna à l'angle de la rue des Moraines et remonta l'artère. Martin allongeait les foulées, mais suivait difficilement.

C'est là qu'une voiture manquant le stop de la rue des Moraines entra en collision avec une camionnette arrivant de la rue Ancienne.

Le choc fut terrible. Martin se retourna. Son instinct faillit le diriger vers le carrefour. Il hésita. Juste le temps pour Marek de disparaître. « Merde, merde, merde ! » Le policier accéléra. Il atteignit rapidement une petite ruelle, un immeuble occupé au niveau de la rue par les vitrines des *Éditions Zoé.*

Martin longea le bâtiment, fit encore quelques mètres dans la rue avant de se convaincre qu'il avait échoué. Au-delà, se dressaient les bâtiments locatifs de la Cité des Léopards, rebaptisée il y a longtemps la Cité des Salopards par les gamins du quartier. Inutile de se perdre dans ces petits chemins. Martin enrageait. Il longea la ruelle jusqu'à la route de Veyrier sans trouver Marek. En débouchant devant l'agence du *Crédit Suisse*, il n'avait plus aucun espoir.

« Ils savent. S'ils sont venus chez moi, c'est qu'ils savent. Vladimir a dû parler. Tant pis, ils ne le retrouveront pas vivant, je n'ai rien à perdre. » Marek se retourna et exulta : il avait semé le flic !

## 61

Il était 14h lorsque Simon frappa à la porte de la petite maison de la rue Saint-Joseph. La femme qui lui ouvrit n'était pas aussi belle que la veille. Mnouchka avait pleuré. Ses yeux étaient rouges, sa bouche boursouflée.

Simon, confus, balbutia des excuses et demanda s'il pouvait entrer. Elle lui fit simplement signe que oui et referma derrière lui. Comme par habitude, il se dirigea vers la cuisine ; elle lui désigna une chaise, il prit place.

Par quoi devait-il commencer, que s'était-il passé ?

Elle soupira, prit son courage et demanda doucement :

– Voulez-vous un café ?

– Je veux bien.

Tandis qu'elle tassait avec force la poudre dans le percolateur, elle observait Simon. Elle prit son élan.

– Vous êtes de la police, n'est-ce pas ?

– Vous avez deviné ?

Elle acquiesça. Simon ressentait le besoin de se justifier.

– En fait, je ne vous ai pas menti puisque vous ne m'avez rien demandé…

– C'est vrai. Parce qu'une mère ne peut pas imaginer que la police recherche son fils. Mais je crois maintenant que vous avez des raisons de le pourchasser.

– Qu'est-ce qui vous fait penser ça ?

Elle soupira de nouveau.

– Vous devez savoir qu'il est venu tout à l'heure. J'imagine que vous nous suivez ?

Simon baissa les yeux, comme pris en faute. Elle continua en posant le café sur la table.

– Oui, il est venu. J'ai parlé de vous. (En voyant Simon lever brusquement la tête, elle l'arrêta d'un geste avant qu'il ne parle.) Je sais. J'ai été stupide. J'ai eu l'impression que cela le rendait fou.

Elle prenait beaucoup de temps de réflexion entre chaque phrase. Après un grand soupir, elle dit enfin :

– Dites-moi ce qu'il a fait.

Simon, à son tour, s'accorda du répit. Il ne pouvait plus mentir à cette femme.

– Nous avons tout lieu de croire que c'est lui qui a enlevé Roger Pfund.

Les yeux de Mnouchka étaient immenses. Ses deux mains, jointes comme en prière, s'étaient posées sur sa bouche.

– Nous ne savons pas ce qui l'a motivé, si ce n'est la vengeance d'un licenciement qu'il n'aurait jamais digéré, continua Simon. À part ça, nous ne comprenons pas. Mais il est évident qu'il se comporte en suspect. Il m'a semblé hier que nous parlions, vous et moi, avec beaucoup de franchise. Je viens vous voir pour être certain que vous n'avez rien oublié de me dire.

Un temps de pause, à nouveau, puis elle dit :

– J'ignore d'où lui est venue cette idée, mais il y a quelques mois que tout a commencé : Marek s'était mis en tête qu'il était le fils de Roger Pfund.

– Son fils ? Et c'est vrai ?

– Pas du tout, monsieur...

– Simon. C'est mon vrai nom, je suis le commissaire Norbert Simon.

– Que je suis bête ! J'ai pourtant lu votre nom dans le journal... Eh bien, Monsieur le Commissaire, non, c'est absolument faux. Je n'ai eu qu'un amour dans ma vie, c'était mon Marek, son père, et... un seul homme a partagé mon lit.

Elle avait dit cela en ne sachant plus où poser le regard. Simon était aussi mal à l'aise qu'elle.

– Je suis très catholique, très pratiquante, j'ai été éduquée dans le respect de la famille, des convictions religieuses. J'avais épousé un homme, je lui ai donné un enfant et plus personne, désormais, ne me touchera !

En d'autres circonstances, Norbert Simon aurait pesté intérieurement. Il n'eut même pas de réaction, tant la tristesse de cette femme était profonde.

– Quand Marek m'a soupçonnée d'avoir été la maîtresse de Monsieur Pfund, j'ai été bouleversée. Un seul être pouvait lui dire comme moi que c'était faux : Roger Pfund ! Peut-être ai-je manqué de courage, mais je ne me voyais pas le déranger pour lui faire dire que lui et moi n'avions été que des amis. Monsieur Pfund a une place particulière dans ma vie parce qu'il m'a donné ma chance, parce qu'il m'a fait confiance. Il m'a permis de travailler à une époque où personne ne voulait de moi. Je voue à cet homme un amour très particulier, mais jamais charnel ! Oh, comment vous dire ?

– Je comprends, rétorqua Simon, vous n'avez pas besoin de m'expliquer. C'est du respect, de la reconnaissance, simplement.

La femme pleurait à gros sanglots. Simon avança la main vers celle de Mnouchka. Finalement, il se ravisa.

– Savez-vous où il se trouve ?

– Non, je ne sais pas, il ne me dit plus rien. Oh, Monsieur, si mon Marek a tué Monsieur Pfund, je n'ai plus aucune raison de vivre. Tout s'écroule autour de moi...

– Madame, il faut m'aider. Où a-t-il pu enfermer Roger Pfund ?

Elle releva prestement la tête.

– Vous pensez qu'il n'est pas mort ? Qu'il y a un espoir ?

– Peut-être, si nous le trouvons assez vite. Il est séquestré quelque part. Peut-être même à Carouge ! Nous essayerons plus tard de comprendre pourquoi Marek a agi. Pour l'heure, il nous faut retrouver Pfund ! Chercher dans votre tête. Il vous a peut-être parlé d'un endroit où il aime aller...

– Je ne sais pas. Je le jure.

Elle se remit à pleurer.

Simon se contenta d'une main posée sur son épaule, se leva en silence et quitta la maison.

## 62

Le froid, après avoir envahi la pièce, paralysait maintenant presque tout son être. L'homme n'avait pas dû revenir depuis un moment puisque Roger était réveillé. Mais il n'avait même plus la force d'appeler au secours. Le brouhaha environnant diminuait d'heure en heure. Ou bien étaient-ce ses oreilles qui bourdonnaient de plus en plus ?

Combien de temps mettait-on à mourir de froid ?

Roger avait perdu courage. Sa seule issue était de céder. Si l'autre revenait, il signerait. Promis. Et tant pis.

Mais son cœur se mit à battre plus vite. Il venait de comprendre : il était réveillé parce qu'on ne lui donnait plus de médicaments. Il avait faim, soif, il était abandonné ! Il allait mourir sans savoir ni où, ni pourquoi.

# 63

Simon allait être furieux. Martin avait commis une erreur en partant seul à la poursuite de Marek. Il aurait dû prendre un équipier avec lui. Le commissaire le lui ferait payer cher. Mais ce n'était pas le moment de se lamenter. Il devait réagir et récupérer le coup. Il avait parcouru les ruelles du quartier sans succès. Marek s'était volatilisé.

Pourtant l'instinct du flic lui disait que Marek n'était pas loin. Peu avant l'accident du carrefour qui avait détourné son attention, il avait cru que le jeune homme tournait sur sa gauche.

Martin revenait maintenant sur ses pas. Il se précipita dans la voiture et alluma la radio.

À Carl-Vogt, ses collègues réagiraient vite. L'information serait relayée vers Simon qui se trouvait déjà à Carouge. Il expliqua sa situation. Les agents de la Fontenette se mobilisaient de leur côté.

# 64

Il devait reprendre son souffle. Il était parvenu à se glisser à l'intérieur sans qu'on le voie. Marek avait suivi ce rituel plusieurs fois, ces derniers jours. Ironie du sort, ce sont plusieurs fois des panneaux créés par Pfund et déposés là qui lui avaient permis de se dissimuler. Il s'assit sur le sol, les jambes repliées contre lui. Il ferma les yeux, inspira longuement. Cet accident au carrefour avait été un miracle. Le flic l'avait perdu de vue. Mais le sursis serait bref. Ils ne lâcheraient plus. Il devait donc disparaître définitivement. Avant cela, il devait terminer la besogne. Il se prit la tête entre les mains. Si Roger n'était pas encore mort, cela ne tarderait plus. C'était une question d'heures. De grosses larmes roulèrent sur les joues de Marek. Ce n'était pas ce qu'il avait voulu. Si Roger s'était conduit avec lui en père, s'il avait admis ses responsabilités, il n'en serait pas là. Sa mère avait été beaucoup trop bonne, elle avait tout accepté de cet homme. Quand il en avait parlé, elle avait tout nié en bloc, comme pour protéger Roger, encore une fois. Elle avait prétendu que Marek, son mari, était son vrai père. Elle niait l'évidence. Il était convaincu d'être le fils de Pfund. Son intuition ne pouvait le tromper. Il avait les mêmes goûts. Mais il n'avait pas le même talent. Enfin quoi ?

Vladimir ne lui aurait pas menti si longtemps. Lui qui savait si bien raconter le bonheur ! Puisque Pfund, après avoir refusé de le reconnaître, n'avait pas voulu reconnaître son talent, Marek voulait le forcer à assumer ses responsabilités. Il était son fils. Il devait être son légataire, celui qui récolterait le fruit de tant de créations. Sa mère lui avait dit qu'il était fou, elle n'avait pas voulu qu'il réclame quoi que ce soit à Roger. Elle si pure ! Toujours reconnaissante ! Or, cet héritage lui revenait ! Même s'il fallait avoir recours à la manière forte. Roger n'avait pas signé ? Alors, aujourd'hui il mourrait !

Son rythme cardiaque avait retrouvé une allure normale. Mais il y avait encore beaucoup trop de monde. Il ne pouvait se montrer. Il fallait attendre que les autres sortent. Depuis cinq minutes, les policiers avaient investi les lieux. Il ne restait qu'une chose à faire : pousser la machine au maximum. Après, il verrait bien. Il trouverait sûrement un moyen de leur échapper. Roger, entretemps, aurait payé.

Il se glissa jusqu'à la boîte blanche. Il savait maintenant l'ouvrir sans bruit. Il tourna la bouton à fond.

## 65

– Patron, je suis désolé...

– Tais-toi, ce n'est pas le moment, coupa Simon.

Il se doutait bien que Martin était malheureux. Il réglerait cela plus tard. On entrait dans une phase qu'il connaissait : les minutes de tension qui annoncent en général le point final d'une affaire, l'arrestation, le flagrant délit. Ce n'était pas le lieu pour débattre des faits et gestes de l'inspecteur.

D'après Martin, le garçon se trouvait dans le pâté de maisons situé entre les rue Vautier, des Moraines, la route de Veyrier et la ruelle arrière.

– En d'autres termes, résuma Simon, il pourrait être dans la maison de l'atelier ?

Mallaury et Calame n'avaient pas l'habitude de profiter des erreurs d'un autre pour se valoriser. Ils étaient restés discrets depuis leur arrivée. À ce point de la discussion, Mallaury osa intervenir.

– Chef, je pense à une chose...

– Vas-y.

– On a fouillé le loft au début. Mais pas depuis. Rien ne dit qu'il n'est pas là, tout simplement.

– Tu veux dire enfermé chez lui ? précisa Calame, stupéfait.

– Cet appartement est un dédale de pièces et de niveaux. On aurait pu rater un cagibi !

– Tu réalises ce que tu dis ? Cela voudrait dire que tous les employés seraient complices !

– Je sais, mais tout de même. C'est parfois le plus énorme qui passe le plus inaperçu.

Simon serrait les dents. Ses idées tournaient à la vitesse de l'éclair. Il fit signe à ses hommes de le suivre. Mallaury et Calame, à leur tour, emmenèrent d'autres inspecteurs et des gendarmes. Martin ne voulait plus commettre d'erreur. Il resta sur le trottoir et géra les alentours avec la Gendarmerie. Ils envoyèrent des hommes dans les Halles, dans la cour arrière, il fallait des gens partout, aux quatre coins du pâté de maisons.

Pendant ce temps, le commissaire avait gagné l'étage supérieur. Dans l'atelier, la nervosité était à son comble, un employé qui voulait sortir avait été retenu par un policier envoyé en éclaireur. Tout le monde se doutait que l'on était arrivé à un moment critique de l'enquête. Simon dit à peine bonjour et envoya ses hommes dans l'appartement de Pfund. À plusieurs, ils eurent tôt fait de vérifier que le graphiste ne s'y trouvait pas.

Simon se tenait au centre de l'atelier, muet. Annick et Inès le fixaient, sans dire un mot. Quand les inspecteurs revinrent bredouilles, Simon reprit la parole.

– Bien. Il n'est donc pas ici.

Annick sursauta.

– Vous ne pensiez tout de même pas…

– Si, Mademoiselle. Je pense tout et n'importe quoi. Vous rappelez-vous m'avoir parlé d'un certain Marek ?

– Oui, et alors ?

– Il semble que ce soit lui le ravisseur de Pfund. Nous sommes certains qu'il l'a caché ici.

– Dans l'atelier ?

– Peut-être pas, mais dans ce bâtiment en tout cas.

Il y eut un grand silence.

– Les frigos ! cria soudain Annick.

– Je vous demande pardon ?

– Les frigos des Halles ! Je ne sais pas pourquoi, mais j'y ai souvent pensé. J'ai toujours eu peur de rester enfermée dedans quand on plaisantait en bas avec les copains. Il y a des frigos vides, depuis un bon moment. Nous en avions même loué un pour entreposer du matériel.

– Nom de dieu !

Un ou deux inspecteurs restèrent dans l'atelier, demandant à chacun de ne pas quitter sa place. Mallaury et Calame dévalèrent les marches derrière le commissaire Simon.

# 66

Les issues avaient été bloquées. Tout était allé très vite. Dans les Halles, plus personne ne bougeait. Commerçants et clients restaient médusés par cette arrivée massive de policiers.

– On fouille tout ! cria Simon.

– Tout ? ergota la tenancière du bar.

– Oui, Madame. (Puis s'adressant à l'assemblée :) Je suppose que tout le monde ici connaît Roger Pfund. (Quelques têtes opinèrent.) Nous avons tout lieu de croire qu'il est enfermé ici.

Chacun y alla de son commentaire, ce qui fit grand bruit. Simon tapa dans les mains pour obtenir le silence.

– Nous avons encore l'espoir de le retrouver vivant. Pour cela, nous avons besoin de votre aide. Chacun reste à sa place et sans un bruit, s'il vous plaît.

– Chef !

Le cri venait du fond des Halles. Des bruits de dispute parvinrent aux oreilles du commissaire. Par signes, il envoya du renfort. Bientôt, il vit apparaître un immense garçon qui se débattait entre deux inspecteurs. Son pull en laine dissimulait en partie son visage.

– Vous êtes Marek ? demanda Simon.

– …

– Eh bien ? (Puis, à la ronde :) Est-ce que quelqu'un connaît cet homme ici ?

Il y eut encore un silence, puis le boucher, aussi blanc que son tablier, fit deux pas en avant.

– Moi, je le connais. (Ses yeux évitaient ceux du jeune homme.)

– Il s'agit bien d'un certain Marek, domicilié rue Saint-Joseph ?

– Oui, répondit le boucher, en fixant le sol.

– Un ami à vous ?

– Un copain, qui m'aide parfois…

– Vous l'avez vu ces derniers jours ?

– Pas plus que d'habitude, je crois.

Le commissaire se tourna vers Marek.

– Dis-nous un peu ce que tu fais là.

– Je viens faire des courses, c'est pas interdit ?

– Depuis quand tu passes par derrière pour entrer ici ?

– Je passe où je veux…

– Tu ne serais pas venu rendre visite à Roger ?

– À qui ?

– Fais l'idiot, ça te va bien.

Le commissaire ne s'attendait pas à cette réaction : le garçon venait d'éclater d'un rire immense, cynique, violent. Autour d'eux, c'était le silence.

– Qu'est-ce qui te fait rire ?

– Que voulez-vous que je fasse de lui ?

– Je croyais que tu l'aimais…

Marek n'émit qu'une sorte de sifflement.

– Je croyais même que tu prétendais qu'il était ton père.

Les yeux devenaient mauvais.

– Mon père est mort.

– Je vois que tu redeviens raisonnable.

L'autre ricana.

– Dis-nous où il est ?

– Mais puisque je vous dis qu'il est mort !

Il avait lancé cela avec jubilation.

Simon s'avança. Le garçon avait une tête de plus que lui. Le commissaire l'empoigna pourtant par son pull et le secoua.

– Tu vas me dire où tu l'a mis !

Marek riait et pleurait en même temps.

– Emmenez-le ! ordonna soudain Simon.

Pendant ce temps, les autres policiers fouillaient les lieux.

Conformément aux ordres, ils avaient ouvert tous les frigos. Rien jusque-là.

Entretemps, un gendarme de la Fontenette précisa au commissaire que deux témoins venaient de passer au poste pour faire état de curieuses attitudes d'un homme qui ressemblait bien à Marek. Et notamment cette femme qui avait vu un garçon sortir à l'aube des Halles, le samedi d'avant, avec une arme à la main. Il avait rapidement dissimulé cette arme et elle n'y avait repensé que beaucoup plus tard. Il serait facile de la confronter à Marek.

Mais le commissaire n'avait pas besoin de telles preuves. Peu avant son départ de Carl-Vogt, les agents du SIJ avaient découvert les empreintes de Pfund sur la bouteille de bière saisie chez Marek.

# 67

Une douce torpeur… il avait souvent entendu ce mot. Il ne maîtrisait plus qu'une infime partie de son corps, et son cerveau émettait des signaux de plus en plus rares. Il devenait fou. Là, par exemple, il croyait entendre son nom. Quelqu'un l'appelait. Il sourit, une dernière fois. Il y avait longtemps qu'il ne pouvait plus parler. Finalement, ce n'était pas difficile de mourir. Il referma les yeux.

# 68

La fouille avait lieu au milieu d'un boucan extraordinaire. Les agents appelaient Roger Pfund, espérant que ce dernier, enfermé quelque part, allait leur répondre.

Tout le monde retint son souffle lorsqu'un inspecteur demanda de l'aide : il essayait d'ouvrir l'ultime frigo non visité, situé derrière le boucher. Impossible ! Il s'y mirent à plusieurs. La porte ne cédait pas. Le boucher, toujours aussi livide, restait immobile. Ce garçon simple, bon vivant, ne se serait jamais attendu à vivre un tel événement. Ses neurones ne suivaient pas. Subitement, il parut s'éveiller, mit la main à la poche et avança vers Simon, brandissant une clé. Il lâcha alors une immense phrase très rapide.

– Monsieur, excusez-moi, j'ai la clé. J'aurais pu le dire, mais je... n'y ai pas pensé, je ne la trouvais plus, alors je suis allé à la gérance, ils m'ont donné un double, cela date d'hier, je n'y pensais plus...

Le commissaire arracha presque la clé des mains du boucher. Celle-ci déclencha la serrure. On put ouvrir. À l'intérieur, il fallut trouver de la lumière. Quand elle jaillit, ils découvrirent Roger à terre. Il était gelé, gris et blanc à la fois. Mort.

## 69

Ça valait la peine de mourir. Roger n'aurait jamais pensé qu'on se sente si bien. Il était enveloppé d'une douce sensation. Comme dans une couverture bien chaude. Plein de mains s'affairaient sur son corps. Il lui semblait retrouver de la mobilité. Si le Paradis avait cette douceur, cela lui convenait. Puisqu'il n'était plus jamais nécessaire de se réveiller, il préféra se rendormir.

# 70

## *PFUND RETROUVÉ VIVANT !*
*par Alix Beauchamps*

*La nouvelle résonne encore comme un coup de tonnerre ! Roger Pfund, le graphiste carougeois qui avait disparu depuis une dizaine de jours a été retrouvé vivant par la police genevoise. Ce succès a été obtenu après une traque infernale. Le coupable est sous les verrous.*

*On l'espérait, mais on y croyait plus. Roger Pfund, le roi des affiches, le pape des billets de banque, l'empereur de la signalétique contemporaine reprendra prochainement ses activités. Grâce à une poursuite acharnée du commissaire Norbert Simon, de la Brigade Criminelle et de ses hommes, le grand artiste carougeois a retrouvé la lumière du jour.*

*Pour d'obscures raisons de vengeance personnelle que le procès élucidera mieux que nous ne pourrions le faire ici, un ancien employé de Pfund l'avait enfermé dans un frigo désaffecté des Halles de Carouge, soit à deux pas du loft dans lequel le graphiste vit et travaille !*

*Foin des grandes enquêtes pour faux-monnayage sur lesquelles tout le monde s'était précipité d'entrée de jeu. Pfund n'ayant pas d'ennemis connus, il ne pouvait s'agir que de cela !*

*Eh bien non ! C'était plus simple, plus sordide aussi. Les inspecteurs de la Criminelle ont tenu à souligner qu'ils ont bénéficié d'une grande aide auprès des employés de l'atelier qui a vécu comme entre parenthèses pendant ces dix jours.*

*Roger Pfund l'a échappé belle ! À l'heure où le commissaire Simon l'a découvert, il ne lui restait que quelques petites heures à vivre. Dans un frigo programmé au maximum de sa puissance, bourré de somnifères, il s'endormait ! Comme pour un montagnard bloqué dans les glaces, son corps tombait lentement dans une torpeur fatale. Il a été conduit immédiatement à l'Hôpital cantonal de Genève où des spécialistes de l'hypothermie, qui travaillent notamment avec des médecins du sport et de la montagne ont pris la situation en main. Avec quelques lésions superficielles, Roger Pfund devrait être rapidement hors de danger. Son entourage promet une conférence de presse du graphiste dès que son état le permettra.*

*Rappelons tout de même que cette enquête a permis l'arrestation d'un homme d'origine russe, qui se prétendait ami de Pfund et que l'on a considéré un moment comme suspect. Blanchi dans le dossier Pfund, le prévenu restera toutefois derrière les barreaux pour une affaire de proxénétisme. Un troisième homme devra s'expliquer devant le juge Saint-Ours, seul maître à bord dès aujourd'hui : un certain Jean-Paul, ex-employé du Musée de Carouge dont les empreintes ont été retrouvées dans la voiture de Roger Pfund. Il crie son innocence depuis son arrestation et prétend avoir surpris le ravisseur qui l'aurait ensuite assommé, puis placé dans la voiture pour brouiller les pistes… le juge appréciera.*

*Pour l'heure, la police ne se pose plus de questions. Elle a sauvé la vie d'un homme et peut savourer son succès : Roger Pfund est vivant !*

A.B.

## 71

Roger Pfund avait tenu à recevoir la presse dès qu'il avait pu se déplacer correctement. À sa demande d'organiser une conférence de presse à l'aula de l'Hôpital, le directeur avait cédé pour freiner le ballet incessant des journalistes dans les couloirs.

Le graphiste était libre depuis deux semaines. Il pouvait espérer reprendre prochainement une vie normale. Il pourrait passer les fêtes de fin d'année avec ses amis et sa famille.

L'annonce de la conférence de presse attira la foule. De nombreux malades en mal d'attraction avaient aussi envahi les rangs de l'auditorium. On s'arrachait les places. La police – car on était tout de même en pleine enquête criminelle – avait tenu à assister à l'événement.

Très ému, Pfund raconta son enlèvement, sa détention. Parfois, les mots ne venaient pas, les larmes brillaient au bord de ses yeux. Cet homme avait vu la mort de si près !

Il fut pris d'assaut par les questions de la presse. Elles étaient toutes du même type. Avait-il eu peur ? Était-il conscient d'être drogué ? Ne manquait-il pas d'air ?

Rapidement, la police intervint par la voix de son porte-parole. Une enquête judiciaire était en cours, il fallait que le graphiste réserve ses réponses les plus spontanées au juge. Le policier donna ensuite un bulletin de santé précis de l'artiste, qui affirma vouloir se remettre très vite au travail. D'autres questions fusèrent alors sur ses projets, sur la monnaie européenne à laquelle il s'intéressait, etc.

Quand ce fut l'heure de conclure, sur ordre des médecins qui ne voulaient pas fatiguer leur patient, Roger Pfund demanda une dernière fois le silence.

– Si je vous ai tous réunis, commença-t-il, c'est surtout pour adresser publiquement mes remerciements à la police genevoise. Mes amis m'ont expliqué comment elle a mis tout en œuvre pour me retrouver. Et je ne dirai jamais assez combien je suis bouleversé. Alors je voudrais ici, devant tout le monde, serrer la main de celui qui m'a sauvé la vie, de celui à qui je dois tout : le commissaire Simon !

Ceci dit, il se leva et s'avança vers le commissaire. Ce dernier ne s'était pas méfié. À présent, il ne pouvait plus se défiler. Devant tout le monde, il dut se lever et serrer la main de Pfund. Il le fit avec un sourire forcé. Quand le graphiste le prit dans ses bras, il ferma les yeux. Les flashes crépitèrent de tous côtés.

Simon n'aurait jamais imaginé cela, même dans ses pires cauchemars ! Mais que pouvait-il faire ?

Mallaury et Calame examinaient attentivement leurs chaussures et se mordaient les lèvres.

Vincent, après un moment de tension durant lequel il avait cru que Simon allait partir en courant, s'était à nouveau laissé aller sur sa chaise.

En retournant à sa place, le commissaire regarda autour de lui. Ses yeux croisèrent alors ceux d'Alix, qui éclata de rire.

D'abord vexé par cette réaction, le commissaire finit par rire, lui aussi, de bon cœur.

Carmen, quelque part, devait aussi lui sourire, il en était certain.

*Veyrier, le 7 juillet 1999*

NOIR pastel

DU LIT AU CIEL
nouvelles

SUCCÈS DAMNÉS
nouvelles

Gilbert Mérague
LA REVANCHE DU POT-AU-FEU
roman

Jean Flament
OOSTENDE BLUES
roman

Corinne Jaquet
LE PENDU DE LA TREILLE
roman

Corinne Jaquet
CAFÉ-CRIME À CHAMPEL
roman

Jean-Claude Schineizer
CLAIRIÈRE OBSCURE
roman

Luc Dellisse
CINÉMA TOTAL
roman

Philippe Bradfer
LA NUIT DU PASSAGE
roman

Composé en Adobe Garamond® de The Linotype Library™,
ce volume a été imprimé sur rotative numérique
par Identic à Bruxelles
pour le compte des Éditions Luce Wilquin

ISBN 2-88253-138-9
D/1999/6344/14